OU SIÉJÉ

DÉ

CABAROUSSA.

PAR M. FAVRE.

SUIVI DE LA

MUSE MÉRIDIONALE;

CHOIX

DE CHANSONS ET DE ROMANCES PROVENÇALES ET LANGUEDOCIENNES.

AVIGNON,

PIERRE CHAILLOT JEUNE , IMPRIMEUR-LIBRAIRE ,
PLACE DU PALAIS.

1839.

LOU SIÈJÉ

DÉ

CABAROUSSA.

PAR M. FAVRE.

SUIVI DE LA

MUSE MÉRIDIONALE.

CHOIX

DE CHANSONS ET DE ROMANCES PROVENÇALES
ET LANGUEDOCIENNES.

AVIGNON,

Pierre CHAILLOT Jeune , Imprimeur-Libraire ,
Place du Palais.

1839.

LOU SIÈJÉ

DE CADAROUSSA.

PRÉMIÉ CANT.

Yéou qu'ay lòn-tén sus moun viouloun
Rasclat, éu déspiech d'Apoulloun,
A la sourdina et sans maliça,
La gloira daou famous Ulissa,
Yoy, sus un sujet pus nouvel,
Embé l'assistança daou Ciel,
Infatigablé vioulounayré,
Volé ensaja moun saoupré fayré.
  Muza, sé m'ajudés un paou,
La bézougn' auara pas maou.
Anén, vieilla Nympha., courajé !
S'a is pas qué dé fa tapajé.
E quinta fénna n'ayma pas
Lou carillouu é lou tracas ?
Cantén ensémblé las alarmas,
La couléra, lou bruch, las armas ;
É qu'un sièjé das pus poulis
Acabé lou révaladis.
Ah ! sé sémblava lou dé Trova !
Poudez mé diré quinta joya !
Mais lous Grecs éroun dé mulins
D'outré peou qué lous Countadins ;
É lous Hectors dé Cadaroussa

N'avién pas d'Achilés én troussa.
Tout réstét din l'endréch ;
Cépendant yé fazié pas fréch.
S'ajis qu'ayci nous quàou fa véyré
A jéns qüé n'ou voloun pas créyré
Qué lous pétachous d'Avignoun
Jogoun pas toujour daou guignoun.
  Es vray qu'à nostré réy dé França,
D'abord qu'émbé éles intra én dansa,
Aou pus vité portoun sas claous
Per préveni lous pétassaous.
An rézoun : per aquéla adréssa,
La poou servis de poulitiessa ;
É lou Princé, qué s'én réssént,
Prén bé las claous, mais yé las rend.
Louïs garda pas la couléra
Contra una tant béla maniéra,
É tén aquél puplé ésfrayat
Quilé per un *Exaudiat*.
Mais, qu'una michanta vilota,
Pas pus granda qu'una pétota,
Crézégué lous réduiré antaou !
O fiéra granouya ! ésta-siaou :
Avés beou vous couïla la pansa
Un pichot bourg n'és pas la França.
Vous fiatas dé trop ; si vous plait ;
Faguén ou veyré : ayci lou fait.
Dins Avignoun una famina
Passava tout per l'estamina,
É yé ténié lou cuou déstréch,
As mouynés méma dé l'éndréch.
Jujas sé, dins aquéla festa,
Y'avié grand traval per lou résta.
Tout éscas lou Vicé légat.
Yé dijérava après soupat.
Él qué jamay noun s'embraillava

Qué lou moumén qué s'alaoulava ,
E qué , quand aco lou prénié ,
Tout bafrant anava é vénié.
Atabé sa pança bénida
S'éra presqué touta avalida.
　Dins la vila , én jés dé cantoun ,
Pécayré ! n'éra pas bésoun
Dé métré én grossas écrituras ·
QU'AYCI SÉ FAGUÉ PAS D'OURDURAS.
Tout éra nét couma la man.
Faoula dé pitança é dé pan.
Lous bourg és , sécs couma dé clouré ,
Eroun pourtan pas las dé viouré ;
Car avién fort bon apétis ,
Amay séguessoun moau nourris.
Plusiurs , per touta nourritura ,
Métién sous souliès én fritura.
Lous richés manjavoun dé cats ,
Lous paourés cassavoun dé rats ;
Anfin , dins aquéla tampesta ,
Chacun jougava dé soun resta.
Noun vézias , dins aqués péys ,
Qué dé vizajes ésquéquis.
Las fénnas , dé coulou d'éscarpas
É qu'erou tout yols ou tout arpas ,
Moustravoun dé pels dé tambour
Qu'en travès sé vézié lou jour.
Lous homès , pus maigrés éncara ,
Dounavou d'air à fu Lazara ,
É lou méndre vén qué fazié
Lous passéjava ounté voulié.
　On vézié pas pus per caryèyras ,
Ni couziguès , ni couzignèyras ,
Vendre dé lard , plouma d'aoussels
É fayré amoula sous coutels.
　Lous canounjés , qué d'ourdinari

Soun pus gras qué lou nécessari ,
Chaqua jour faoula dé fricot ,
Vézieu déscoufla soun jabot ;
Una pélura yé pénjava
Qué certa hén lous afflijava ,
Dé loups, la sounailla aou coulét ,
Naourien pas un air pus mouquét.

Lous quatre ordres dé la bézaça
Préchavoun bé per la fricassa ;
Mai la fan dé sous auditous
Avié tapat lous aouzidous.
Ventré afamat és sans aouréillas.
Chacun récataba sas paillas ;
Sans counto qu'én braman antaou
Navien pas un air pus malaou.
Cépendant dins aquéla vila
Tant fazien caréma é vijila ,
Qué tout sérié mort à la fés
Sans l'avantura qué véyrés.

Un frére , én vénén dé la quéta ,
Aprénguet dins una guinguéta ,
Qué vénié d'arriba dé blat,
Dins una plaça d'aou Countat ;
Vité s'én porta la nouvela :
Lous mouynés, tout louant son zéla ,
Alaoujeyravou lou paquét
Qué pourtava din son saquét ;
Talamen qué lou prion dé l'ordre
N'ajet pas presque rés à mordre.

Lou léndéman de bou mati ,
Tout aco couris averti
Lou Vicé-légat dé l'afayré
Qué y'avié racountat lou frayré
A sa porta aquéles tondus
Boumberoun couma dé perdus ,
Tant qu'à la fin un douméstica ,

Én tramblan yé cridet : quaou piça ?
Naoutres, digueroun, ouvrissez...
Oh ! digas-mé, déqué voulez !
A vostre mestré vénen dire
Quicon qué lou vai bén fa rire,
Amai sayque vous atabé;
Fin dé dizéta..... Aou, éh bé !
Ténez, l'aouzissé qué davala,
Yé pourrés parla dins la sala.
Dé fait mounseignur Doria
Louséguis tout diguén : ha ! ha !
Qués ayço ? vénez véyré en troupa
Sé per ayci dounan la soupa ?
    Oh ! yé réspon lou perou priou ,
Mounseignur ou prénd trop aou viou;
N'ourian pas aquéla insoulença
Vénen diré à soun excélénça
Qu'à Cadaroussa és arrivat
Quatré cénts carradas dé blat....
E coura yé soun arrivadas
Aquélas quatré carradas ?
Répliquet Doria surprés....
Lou vingt é-sept d'aquéste més....
Aco's suffit : adissias, péras,
Quaouca part à vostras priéras.
    Aqui déssu lous émmandet,
Faguet la siouna è déjunet.
Diou sap sé piquet fort é ferme
É s'espargnet lou tua-verme !
Las brisas dé chaqua moussel
Yé saoutavoun sus lou capel,
É, réjouit dé la nouvéla,
Tout lout jour anet à la séla.
Y'era à soun grand counténtamén,
Ouand éspèdiet prountamen
Un ordré à vingt souldats daou papa;

Per ana, mouyenan l'estapa,
Sans atténdré un moumén pus tard
A Cadaroussa dé sa part.
   La brigada séguet leou presta ;
Partissoun, un fifré à la testa,
Chacun soun fuzil sus lou col
É munis d'un grand parasol.
Per alta aou pus proché vilaje,
Mais ségueroun miyou tratas,
A la soupada, à Carpentras.
   Lou léndéman, à péné l'Aouba
Ajet cargat sa bela raouba
Per saluda lou Diaou d'aou jour
Qué vénié dé faïré soun tour,
Quand à Cadaroussa estounada
Fagueroun douna la chamada.
Lou fifré, én yé siblan un air,
Métet touta la vila én l'air.
Un. qué dévistet l'éscouada,
Cridet : juste Ciel ! quinta armada
Campa davant nostras paréts !
Oh, s'en couats aquesta fés ;
St. Paou, délivras Cadaroussa
Das énémis qu'aven en troussa !
Aqui déssus tout s'esfrayet,
Vité l'alarma sésounet,
É, sans sounja dé sé déféndre
Parlavou déjà dé sé réndre :
   Yeou créze, mardiou ! qué ses fols,
Coussi ! qué caouqués parasols
Devoun faïré réndré una vila ?
Diguet un vieillard plén dé bila :
Pardiné, infourmas-vous aoumens
Déqué volou aquélas jéns....
An siblat.... mais amay on sible,
On n'és pas pourtant pus terrible.

Sé voulez , yéou mé cargaray
Dé saoupré cé qué fan alay.

   Eh béu ! ouy , mestré Lafeuillada ,
Yé diguet souta l'assémblada ,
Vous qu'avez pas lesprit troublat ,
Anas véyré perqué au siblat.
Anas , sen dé jéns d'una ména
Qué vous layssarén pas én péna ,
Car à la méndra poou qu'aourés
Aou mendré signé qué farés,
Sus lou chan nostra bourjoizia
Entounara sa litania.

   Lou vieil maréchal éncantat
D'éstré caoussit per députat ,
Embrassa sa fénna Louïza ,
Chanja dé vesta é dé camisa ,
Prén sa bounéta é soun vantaou ,
É sourtis per lou grand pourtaou.

   Messius , diguet à la brigada ,
Cadaroussa és may qu'estounada
Que la métés touta én baral ;
Ounté avez vostré général ?
És él é yéou qu'ayço régarda.
Un qu'avié gagnat l'alébarda
Per avédre servit quinze ans
Las méssas das pénitens blancs ,
És yéou , dis ; à vostré service....
Éh bé ! tant mieux , m'én réjouïsse,
Yé répliquet l'embassadur ,
Toucas-mé la man , Mounseignur ,
Réddé.... bod.... aça véné véyre
Déqué Cadaroussa déou créyre
Sus cé qué vous attira ayci ;
Parlas-mé couma un bon ami ,
É lévas-nous toutes dé péna.
Vénez-ti per nous cérca réna ?

Vous pourries éntourna camus
S'és per aco qué ses vengus.

 Lou serjant yé répoundet : péra,
Crézez-mé, pas tant dé couléra ;
Car, marbiou sé noun ou savez,
Sen da bigrés qu'ayman la paix.
Avén après aou catéchimé
Qué dé cerca réna és un crimé.
Vostré féblé és la charitat.
Mounseignur lou Vicé-légat,
Vous préga per une ourdounança,
Qué, couma ses dins l'aboundança,
Fagas fayré aoumén régagnoun
A nostra vila d'Avignoun.
Hélas ! téla yés la dizéta
Qu'él mêma és réduit à la diéta
Démanda sur lou blat qu'avéz
Pas qué quatré mila séstiés,
É crézé pas, sé noun mabuzé,
Qué Cadaroussa lous réfuzé.
Mais s'ou fay sén répéntira.
Ayci la létre, ouvrissez-la.

 Lou maréchal mét sas lunétas,
Mais sans douté éroun pas bén nétas,
Car prén lou papié d'aout én bas
É léjis cé qué y'avié pas.
Après aquél trait d'impourlança,
Saluda touta l'assistança
É, dé l'air d'un émbassadou,
Sé grata é vira lou cantou.

 A soun rétour dins Cadaroussa
Tout ven, tout couris, tout sé poussa,
Pér aouzi cé qué countarié.
Ah ! Messius, s'ou dis, Diou s'ay sié...
Véné dé fayré una embassada
Qué béléou sérié pas pagarda

Quand la métesses un escut.
Suzé, vézez couma un perdut.
Éré dins un pas ésfrouyablé ;
Mais m'én souy tirat couma un diablé.
Tout azé qué mé counouyssez
M'a faougut léji dé papiés
Qué m'an dounat may dé fatiga
Qué tout lou trin dé ma boutiga.
Cépandant sus cé qué m'en dich
Ay dévignat nu gros escrich.
Véjas n'ayci la counténénça :
Dins Avignoun fan abstinéça ;
É Moussu lou Vicé-légat
Qué per malhur a déscoutat
Qu'ayci vivias dins l'aboundança ,
Humblamén dins una ourdounança
Vous démanda d'aou blat qu'avez
Pas qué quatré mila séstiés.
  Miséricorda ! quatré mila !
Cridet adoun touta la vila ;
Voou doun per yé fourni dé pan
Qu'aici l'on mourigué dé fan...
É quand dona dé la saoumade ?
Ma foi, réspoundet Lafeuillada ,
Ay pas bén léjit cé qu'oufris ,
Mais crézé qu'és un gramécis...,
Un gramécis ! bon prou yé fassa ,
Cridet touta la populaça ;
É n'escriou pas qu'és trop pagat ,
Qu'aillurs l'aourié miyou mercat ?
  Esta-siaou , dis un dé la troupa
Qué vénié dé manjat la soupa ,
Anén plau ; yéou sériey d'avis
Dé yé préné soun gramécis.
D'Avignoun la vila és fort granda ;
Sé sai venoun toutés éu banda ,

Cé qué pourrié bé arriva ,
És ségus qué van tout brafa ;
N'émpourtaran blat é farina ,
É nous caouzaran la famina :
Voudrié may yé fayré sa part ,
É layssa lou lucré à l'éscart.
  Un aoutré qu'éra un sarra-piastra
É dé l'humou la pus pignastra :
Oh ! ma foi , yé diguet , salut ;
Aquélés qué nous lan véndut
M'én an fach paga sus la plaça
Daou séstié noou frans , amay passa :
Quand déourien m'éscourja tout viou
N'én volé quatorzé daou miou.
S'Avignoun patis qué patigué.
Quéqué lou Vicé-légat digué ,
L'aouran pas un digné dé mén :
Chacun és mestré dé soun bén.
Sans douté , qué chacun n'és mestré ,
Ajustet un noumat Campestré.
É pioy qué la jéns d'Avignoun
Sé trovoun tant dins lou bézoun ,
Sérié justé qué rançounessoun
Équ'à vingt frans lou rézounessoun.
  É perqué pas à vingt-é dous ?
Répliquet un aoutré crassous ;
N'és pas qué l'on déougué estré chiché ;
D'aillurs Avignoun n'és pas riché ;
Mais faou qué dins aquesté cas
Fagué barailla sous patas
Per yéou n'én volé vingt-é-quatré ,
E sé mén vézéz rés rébattré ,
Diguet un aoutré poulissoun ,
Régarda mé couma un fripoun.
Ay ma saca touta coumoula ,
D'ordi , dé séya é dé paoumoula ,

Cé qué faï mardïounés dé blat,
Qu'à trénta sérié pas pagat.

Chacun aqui tant sé carrava
Qué toujour lou prix aouméntava ,
Mais per lous métré dé répaou ,
Lafeuillada crida, ésta-siaou ,
Cé qué vaou diré és d'impourtança :
Ay dins ma poche una ourdounnança ,
Qué ma rémés alay davant
Moussu lou général sérjant ;
L'ay maou léjida, mais n'importa.
La susdita ourdonnouça porta
Qué tout dé suita pagarés
Lou méndré réfus qué farés ;
Prénez ara vostras mézuras.

Aquélas paouras créaturas,
D'aouzi lou viel antaou parla,
Récouméncérou à trambla ;
Aourias dich én vézén lur mina ,
Qué yé fustijavoun l'ésquina.
Cantéroun lou *libera me*,
Lou *parce nobis*, *Domine*,
É sémblava per las cariéyras
Qué réçavien las éstrévieyras.

Lou maréchal dé véiré aco,
Yé dis; mais dé qu'és tout ayço?
Coussi ! pér una bagatéla ,
És qué faou pérdré la cérvéla ,
É déqué farias, si vous plait ,
Sé voun dounavoun lou sujét ?
Vénéz, qué vous volé fa riré
Pér cé qué mé resta à vous diré.

Mé vézéz bén viél é bén flac ,
Cépandant tout soul dins un sac
Voudriéy pléga touta l'éscorta
Qu'avén aqui davant la porta.

Sé lous énliassavoun én bloc
É qué lous pénjéssoun aou croc
D'una roumana méjanciéyrou
La carga sérié tant l'aoujéyra,
Qué beïéou toutés tant qué soun
Farién pas mounta lou bouilloun ;
Lous ossés d'aquélas mazétas
Rampéloun couma dé cliqnétas ;
É sé déssécouu sout lous plis
D'aou pérgami qué lous couvris :
Noun ni courajé, ni força,
Sons fuzils n'an pas jés d'amorça,
É pourrién pas lous bouléga,
Quand lous aourién saoupus carga.
Digas-mé sé lous paourés diablés,
Dévoun éstré fort rédoutablés.
Soun pourtan, ou mé troumpé fort,
Cé qu'Avignoun a dé pus fort ;
Car, dins un danjé dé batailla,
L'on n'émpléga pas la rousailla,
É souy bén ségu qu'un caouzit
Cé qu'avién dé pus éspoumpit.

   Aça, pér nous tira d'affayré,
Véjas ayci cé qué caou fayré ;
Faou préñé chacun un tricot
É y'ana grata lou jigot,
Pioï lous émmanda sans timbalas
Pailla aou cuou couma las cigalas.
Dins Avignoun s'én facharan,
Soit. Eh bé ! dé qué nous faran ?
La guerra ? mais pér nous la fayré
Faou avédré d'hajé, pécayré !
É jurarièy qué gna pas un
Capablé d'amoussa lou lun.
Anén, enfants, viva la gloira !
Un jour s'escrieura dins l'histoira

Qué Cadaronssa a tapinat
Las troupas d'un Vicé-légat.
Tout répelét, vivat la gloira !
Amén nous ficha dins l'histoira.
Chacun marcha, un billot én man,
Lou maréchal, qu'éra davan ,
Abourda lou serjant dé garda
É lou toumba d'una nazarda ;
Sous amis , dé lou véyré aou soou
Toumbéroun atabé dé poou ;
É l'honnou d'aquéla journada
Réslét éntiéyra a Lafeuillada.
Nostrés pétachous , sans fuzil ,
Sans parasol è sans babil ,
Émbé cént traous dins la coudéna ,
Sé rélévéroun en pron péna ,
É révénguéroun fort mouquéts ,
Tout récitant sous chapéléts.

~~~~~~~~~~~~~~~~~~~~~~~~~~~~~~~~~~

SÉGOUN CANT.

Lous habitans dé Cadaroussa
Éroun pas d'una humou fort douça ;
Mais lou principal houtafioc
Era lou maréchal d'aoulioc.
Yé faguét fayré una soulisa,
É lous jitét dins una criza
Qué y'aourié déstruit sa cital ,
Sans lou sécours dé la béoutat:
Mais véyréu aco per la suita.
Séguigén ara dins lur fuita ,
É lou serjant, é lous souldats ,
Quavién tan bén assidavats.
Diziéu donnc, aprés sa dérouta ,

I ous chapéléts lon dé la routa ,
É lévavoun lous yols én l'air
Dé rancuna à chaca patér.
  La fatigua , la fan canina ,
Vingt cops dé bastous sus l'esquina ,
É lou doublé sus lous jigots ,
Soun bén pézans per dé bigots.
Souvén la febléssa lous ténta
Dins una ésprouva mén couzenta ;
Gua qué sé fachoun per parés:
N'ay vis méma , may d'una fés ,
Qué dé trop dé bén régourjavoun,
Amay éncara roundinavoun :
D'aoutrés rémplis dé durétas
Qu'apélavoun sa charitat ,
Prénién dins lur sainta coulèra
Un air dé coumis dé galéra.
Trouvén doun pas fort éstounan
Qu'aquéstés, tout én sén anan ,
Mésclésssoun à sa kyriéla
Quauca pichota bagatéla ;
Car faou counvéui qu'én éfét
N'avién éspéça dé sujét.
  Pér cami doun , tantos prégavoun,
Tantos, pécayré ! rénégavoun,
É diguéroun pas l'ouraisoun
Qu'én arrivan dins Avignoun.
Aqui cérté sé désconfléroun,
É dé tant dé plours qué bayléroun
Tout lou moudé séguet toucat
Éntr'autrés lou Vicé-légat.
Éh bé ! yé dis, quinta nouvela?
Aourén ti dé bona touzéla?
Oh ! Mounseignur, ma foi , néant,
Yé réspoundéroun én souscan,
L'ourdounança qu'avez mandada

Vous l'an pas gayré réspéctada ;
Car nous an éscrich sus lou dos
La résponsa à cops dé hillots ,
É vous , atténdu vostré titré ,
Vous mandoun humblamén fa fifré.
Fifré !.... répliquet Doria .
Oh ! Cadaroussa ou pagara !
Coumpréné hé qu'és pér lou lucré
Qué mé mondoun antaou fa suçré ;
Voudrién d'aoublatmay qué noun voou
Mais marbiou n'aouran pas un soou
É n'in layssé pas una grana
Avan qué passé la sémmana....
Anas-mé diré as capuchins , ,
Dominicains , Bénédictins ,
Carmés , aufin à touta raça
Dé bénéficé é dé bézaca ,
Qué lous ésperé incéssamén ,
E qué véngoun dins lou moumén.
Volé saoupré dins lur counsulta ,
Cé qué pénsoun d'aquéla insulta.
Un capouraou sé déstaquét ,
É vité lous avértiguét.
Sus lou chan pélats é barbochas ,
Capels , capuchons é galochas ,
Sé réndéroun dé tout coustat
Aou palay d'aou Vicé-légat.
Éspéravoun bé dé nouvélas ,
Mais las crézién ségu pus bélas ,
Car courrisién vés soun oustaou
Couma las fédas à la saou.
Mounseignour qué lous éspérava
Rizié qué présqué s'écanava ,
Dé lous véyré , jouynés é viels ,
S'atroupa couma d'éstournéls.
Quand séguéroun davan la porta
Lous harénguét d'aquésta sorta.

Péras, s'avéz bon apétis,
Diou vous la manténgué, tant pis ;
Mais én dizén tant pis pér vaoutrés,
Ou dizé per toutés lous aoutrés :
Car mouynés, noblès é bourjés,
Tout és couat aquésta fés.
Noun aourés contra la famina
Ni viandra, ni blat, ni farina,
A cé qué contoun vingt souldats
Qu'à Cadaroussa aviéy mandats.
Vous diray pér aoutra nouvéla,
Qu'aquéla vila prou cruéla
Per nous laissa mouri dé fan,
É pér nous réfuza dé pan,
Vén d'estreilla nostra miliça ;
É pér qué comblé dé maliça,
Lous consous méme dé l'endréch
Mé mandoun fa sucré tout dréch.
Téla insoulença vous éstouna :
Ouy, yéou méma en propra pérsouna
Mé mandoun, aquélés ouvriés,
Tout drech aou viajé qué savéz.
Avant dé n'en tira vénjénça,
Fazéz mé saoupré cé qué pénsa
Touta vostra patérnitat
Sus aquél trait d'iniquitat ;
Mais aouméns qué chacun s'éspliqué
D'un stilé net é pathétiqué,
É n'anés pas vous quéréla
Pér révézi quaou deou parla :
Car déféndé én chéf dé pouliça
Aquéla malhurouza tiça
Péra léctou das courdéliés,
Véjan vous déqué nous dizés
Sus aquél mot qué l'insoulénça
A lachat à moun éxcélénça.

Yéou dizé, respond lou léctou,
Qu'aquél mot n'a pas bona aoudou,
Qu'és sallé, é qué sans pus atténdré,.
Vous counséillé dé lou fa réndré,
Dius una létra bén plégat,
As counsous qué vous l'an mandat :
Car és una vértu mourala
D'éloigna dé sé tout scandala;
É volé passa pér m sot
Sé gna dé piré qu'aquél mot
 Fort bén.... A vous, péra Pàncraça.
Fazéz-vous atabé la graça.
Couma capuchin dé rénoun,
Dé nous diré vostra résoun.
 Oh ! n'én faray pas un mystéra,
Véja l'ayçi, diguét lou péra :
Lou mot sucré, à cértén égard,
Pot estré prés én bona part :
Sé, pér éxémpla una dévota
Nous manda frézas ou coumpota,
Tourtas, biscuits é canéla,
Séloun lou capricé qu'aoura,
L'on réfuz pas la casséta,
Pér tant dé sucré qué méta ;
É sé sap qué dins aquél cas
Lou sucré éscandaliza pas;
Mais quand sucré dich én couléra
Voou diré laulira.... lanléra ...
Quand és un homé qué lou dis
Sans frézas, tourtas ni biscuits,
Oh ! cérta, ya pas rés qu'émpaché
Qu'adoun la caouza noun nous faché,
Pércé qu'és un mot trop souillard,
Pér éstré prés én bona part.
Or, dius aquésta circounsténça,
Cadaroussa à vostra excéléuça

N'a pas énvouyat pérqu'inçay
Qua dé sucré dé portafay ;
Doun, pioy qué vouléz qué m'éxpliqué,
Aquél puplé és un hérétiqué ,
Digné d'éstré éscoummuniat
Pér lou scandala qu'a dounat.

    Anén, bon.... Véjan dins la clica
Daou jénérous St. Dominica ,
Cé qué pensa dins aquél cas
Lou truchaman dé St. Thoumas
Aymablé couma fu Pilata,
Péra Ambroiza, én haoussan la pata :
Ah ! s'ou-dis, ounté érés aoutras fés
Pér fricassa lous Albijés ?
Lous aouriéy réduits én puréya
Ou manjas én galima fréya ,
Sé m'ére séntit l'appétis
Pué mé dévora pér ayçis.
Antaou sé punis la soutiza
Dé tout homé qué scandaliza ,
És sés un baou sé soufrissez
L'aoud*ça d'aquélés ouvriés.
Faou, per vostra gloira outrajada,
Fa fayré una sénta crouzada ,
Arma contra élés Avignoun,
É y'ana démanda rézoun.
Un homé qué mandoun fa fitré,
Quand ou soufris és un bélitré ;
Dizé pas qué vous ou ségués,
Mais avén poou qu'ou dévéngués.

    Touta la banda monastica
Trouvét sa pénsada héroïca ;
É chaca téolojien
La sousténguet may qu'én chrétien.
És vray qué la fau lous butava
É qué mounseignur la goustava ;

Car aourien parlat aoutramén ;
S'aviéu manjat soun ramplimén ;
Mais l'esprit, quand lou véntré bayssa ;
Prén pas counsel qué dé la mayssa ;
Lou bigré adoun counsulta pas ,
Ni Scot, ni Loumbard, ni Thoumas ;
É dé l'assémblada gouluda
La guerra séguet leou concluda
    Lou Vicé-légat réjouit
Qu'à soun gous l'ajessoun servit,
Yé dis d'ana léva récrua ,
É qu'el passara la révua.
    Lou léndéman dé bon mati
As habitans las dé pati ,
Lou charitablé péra Ambroisa
Couméncet dé précha la noiza ,
Émbé la graca é l'ouncioun
Dé la sénta ïnquisitioun.
    Après el , lou péra Pancraça
Jangoulet émbé tant dé graça
Sus l'éficacitat d'aou pan ,
Contra la raja dé la fan ;
Sa pintura fuguet tout viva ,
Qué faguet véni la saliva
A la bouca das aouditous
Qué n'ovién réprés sus coulous.
S'éscoufavoun per las carrieyras
Cridan qué dé las chéminieyras.
Lou paou dé fun qué sourtissié ,
A rés dé bon noun séntissié.
    Messiurs, dizien à l'aouditoira ,
Rapélas à vostra mémoira
Aquél téns , ounté chaca jour ,
Lou pan qué sourtissié d'aou four
Per soun aoudou vous chatouillava,
É dé la broja qué virava ,

Lou fumét vous fazié véni
D'un quart dé léga dé cami.
O tens hérous ! anciens spéctaclés !
Véntrés pus gros qué dé bazaclés !
Bels mourrés à triplé barbot ?
Trioumphé bénit d'aou fricot !
Déqué sés dévéngus ? pécayré !
Hélas ! adoun lou méndré frayré,
Un cler quó servissié l'outal,
Avié la pansa d'un budel ;
On lous aourié prés per dé péras
Sus sous réblés, sus sas manieyras.
Chaqué visajé fazié gaou,
L'on vézié pas presqu'un malaou.
La grayssa é l'émbonpoint brillavoun;
Lous vieillards s'éscarabillavoun ;
Dégus noun éra incoumoudat
Qué per avédré trop manja
Tout Avignoun éra adourablé;
Mais ara és pas pus connouyssablé,
Tout yé tomba, tout yé péris ;
Seu una banda d'émpéris.
Aou céméntéri la jounéssa
Révala én péna la vieilléssa.
La pel das homés sans coulou
És pus séca qué d'amadou,
É la fénna la pus gaillarda,
N'a pas may dé car qu'una sarda.
Per nous tira d'aquél émboul,
Manjén tourna nostré sadoul.
Courajé ! induljénça pléniéyra,
Pér qu'aou ramplira la paniéyra
Cadaroussa és pléna dé blat :
A moussu lou Vicé-légat
Qué, pécayré ! n'a mandat querré,
Lous cousous pus dus qué lou ferré,

An réspoundut una rézon
Qu'és trop salla per un sérmoun ,
É qué l'on pot pas vous rédiré ,
Dé quinté biay qué l'on la viré ,
Mais imajinas-vous lou mot
Lou pus souillard é lous pus sot ,
L'avéz.... Enfans , aquél outrajé
Sé déou lava dins lou pillajé ;
L'hounou voou qué y'anés démay ,
Immoula tout à vostra fan ;
É n'aoutrés sérén à la testa
Pér sanctifia la batesta.
    Toutaés réspoundéroun : *Amen* ,
Tant miux , é déqué say fazén ?
Faou ti qué patiquén éncara ?
É pérqué partissen pas ara ?
Sus aco tout sé confésset ,
Plouret dé joïe é sé crouset.
Lou léndéman desqué l'aourora
Mounstret un paou lou nas défora
Amoun sus l'ayréra daou jour ,
Faguéroun batré lou tambour.
Sus lou chant tout s'éscarrabilla ,
S'aouboura , sé léva , s'habilla ,
É sé rendoun dé tout cousta
As ordrés d'aou Vice-légat.
El qué déjà lous éspérava ,
Pécayré ! éntrémén déjunava ;
Cé qué séguet un aguilloun
Qué pounchounet tout Avignoun.
Aquél moumén la populaça
Aourié vougut éstré à sa plaça ,
É dizién én lou régardant ,
Ah ! coura n'én farén aoutant !

Mounseignur veinguet sus sa porta
Quand véjet l'armada prou forta.
Y'avié trés milà fantassins
Pas sé voüléz das pus mutins
Ni may d'un air fort rédoutablé ,
Mais d'un appétit indoumptablé.
En testa dous céns ouficiès
É noou cént quatorzé aoumouhiès.
Las coumpagnès é las brigadas
Eroun chacunas béu armadàs.
La troupa lesta das taillurs
Avié sous grands cizéous voulurs
È dévié ségui la banieyra
Dé Sénta Lucia , courdurieyra.

Lous pégots qué vénien après,
C'et-à-diré , lous courdounìès
È tout cé qué ten dé la ména ,
Sans counta sa bona lézéna ,
Avién éncara à soün coustat
Un tranchet bravamén pénjat ,
È d'une manicyra guerrieyra
Lou tirapé én bandoulieyra ,
Sé rénjéroun d'un air faquin
Sous l'ésténdard dé St. Créspin.

Lous fratèrs , habilés bafrayrés ,
Séguissieu lous apouticayrés ,
Qué perqu'iuláy dévien jita
Dé grands pots d'*assa fétida* ,
Sas armas éroun d'éspatulás ,
Dé séringas é dé cañulas,
Dins soun drapeou fort élouquén
Vézias lou fruit d'un lavamén
Qu'éra estat pintat à la fresca
Embé aquèstés mots *Diou te cresca.*

La facultat das maréchals ,
Dignés médécis das chivals ,

Agréjats aou cor das créstayrés ,
Fiers ivrougnas, rudés maniàyrés :
Pourtavoun d'un air trioumfant
Soun rédoulablé butavant.
Soun esténdard répréséntava
Un azé qu'un d'élés caoussava ,
É què sus las déus yé réndié
Amplamén graça à cops dé pé
La dévisa éra ; *ma téndressa*
Yé rend caréssa pér caréssa.
  Lous gipiés , traçayrés maçous ,
Mestrés , manobras é garcous ,
Èmbé soun martel é sa tibla ,
Ténien una mina risibla.
Sus soun esténdard déscouvert
L'on vézié toumba d'un couvert
Un manobra qué s'énlanjava
Couma sé la caouza préssava ;
Embas y'avié pér éscriteou :
Languigués pas, s'ay séray léou
  Quatré céns azés dé camarga ,
Qué fignoulavoun jout la carga
Pourtavoun sus soun cuou cournut
Lous marchands mountas à peou nud ;
É sans éstriou , brida ni brida ,
Aquéla troupa maou gaillarda
Surpassava , à cé qué crézié,
La plus bella cavalarié.
Sa timbala éra una marmita
Qué gratava un israélita.
Avién dos troumpélas dé boy ,
Quatré cornas émbé un haouboy
S'avias énténdut l'harmounia
D'aquéla douça sinfounia .
Aourias dich : Ah ! bon ; Diou merci ,
Lous porcs d'avaloun daou Querci.

Dins lur énségna désplégade,
Qu'éra un floc dé téla cirada,
Un d'élés, la pluma à la man
Tout rizén fazjé soun bilan :
É visoun-vizu daou pirata,
Era éscrisch aout bout d'una lata :
Courajé ! aquesta t'énrichis,
Un aoutré té fara marquis:

   Pléna dé joie é d'éspérança
Mila fés maz qué dé pilança,
L'armada atténdié soun départ,
Én cridant qué sé fazié tard.
Mounseignur, per la satisfayré,
Ma foi, la rétardet pas gayré ;
Car éntré la véiré badet,
Yé donnet l'ordre é l'émmandet.
Qu'aoucun ara mé véndra diré :
Moun paouré ami vous vouléz riré,
Dins lou noumbré avéz pas coumptat
Daou papa lou méndré soulda.
Coussi ! qu'aquéla béla troupa
Avié rénounçat à sa soupa?...
Noun pas : mais haïs lous assaous
É n'ayma pas lous pétassaous.
Rèstet per prudénça à la villa,
Ounté séguet pas inutila :
Car prégava Diou tout lou jour
Per l'armada é per soun rétour....
Mais l'armada, quaou la ménava?..
Pardi, lou qué la coumandava....
Néra pas lou Vicé-légat?...
Nani, qu'aourié pas boulégat
D'Avignoun, maougré la magagne,
Per una tant ruda campagna...
Quaou seguet donn lou jénéral?..
Vous m'émbarrassas may qu'un gal :

Daou moussu qué n'ajet la gloira
Lou noun vén pas dins ma mémoira ;
Mais pourias léou vou métré aou fait ,
Car és tirat dé l'alfabeth ;
Crésé pourtant qué s'apélava
Boyordo-Pantaloun Octava ,
Marquis d'ayci , comté d'ayçay,
Duc d'aqui , princé dé noun say ,
Y'aourié per rampli trés chapitrés,
Sé vous énfilavé lous titrés
Qué ténié dé sa séntétat
Dins uu pichot traou daou countat.
És aquél qué ménat la cola
Mountat sus lou bast d'una miola ,
Bén amagat sout un mantel ,
Doubla bounéta é grand capél.
    Dés qué las troumpélas sounéroun ,
Toutés lous azés réguinnéroun ;
É trop fiers per marcha dé froun ,
Chacun faguet soun éscadroun.
    Dins la routa , la testa bassa ,
Séloun l'uzajé dé la raça ,
Téndramén nifléroun lou pis
Qués sé trouvava par camis.
    Savé pas sé qué vaou diré
És tirat d'un conté per riré ,
Mais dins lou pouëma qué faou,
Souy ségu qn'anara pas maou ,
Car tout lectou préndrié la broda
Sans l'éntrémct d'un épizoda.
Ayçi doun la digréssioun
Qué gardavé per lou bézoun.
    L'azé daou bon papa Siléna
Un jour contra la raca huména
Anét pourta sa plénta aou Ciel ;
Jupiter qué lou trouvét bél ,

Yé dis : Ah ! déqué té ména ?....
Vézéz lou sujet dé ma péna ,
Yé réspoundet lou vieil grisoun ;
Soun lous vilent cops dé bastoun
Dé qu'ou l'homé qué toujour pica
Régala a val ma chéra clica.
Sérié téns dé lous fa fini :
Aqui cé qué ma fach véni.

    Lou Dîou qué lança lou tounerra
Yé dis , rétourna sus la terra ,
É diras à tous maou bastis :
Ayci vostre sort , abéstis.

    « Tant qué pudira vostra urina
» Aoarés dé tustaous sus l'ésquina ;
» Mais dés quy séntira lou mus ,
» Vous juré qué n'aourés pas pus. »

    Tout réjouit én conséquénça
D'una poulida sénténça ,
L'incoumparablé pécata
Ruet, pétet, et cætera ;
É , soit dé joia ou dé vérgougna
Saoutet d'aou Ciel dins la Gascougna :
Aqui countet as étalouns
L'arrêt sus lous cops dé bastouns.
Les saoumas qué soun dé fémélas
N'én cachéroun pas las nouvélas ;
É tout azé las aprénguet,
Tant yon aco s'éspandiguet.
Toutés , d'aquél moumén en fora,
Qué sié dédins , qué sié défora ,
D'abord qué trovoun dé soun pis
Voloun saoupré à déqué séntis ;
Mais dé véiré qué put qu'émpesta ,
Vers Jupiter haoussou la testa ,
É disoun én mounstran las déns,
Ah ! grand dîou , qué n'y a per dé téms !

Révénguén ara à la crouzada
Qué sus la routa avén layssada.
Lous azés marchéroun prémiés ;
Éroun bé yoch céns à peu prés :
Car faou counta lous qué mountavoun ,
Couma aquélés qué lous pourtavoun...
Perqué ? d!rés.... Et perqué pas ?
Diantré sié , quand éroun én bas ,
Sé y'avié jés dé différénça
D'lura , ni dé counténénca.
Dins la routa brouquèroun fort
É ténguèroun toujour lou bord.

    Après séguissié la récrua
Qu'avéz vis dédins la révua ;
Éroun dech bélas coumpaguès
Toutas farcidas d'aoumouguès ,
Que per yé douna bon courajé ,
D'avança lou lon d'aou vouyajé
Entounavoun lou *requiem*
Das énémis qué tuarien

    Dargnès , séloun la coustumada ,
Tont lou bagajé dé l'armada
Éra ésccurtat dé poulissous
Qué dizien d'aoutras ourézouns:
Y'avié quinzé ou séjé carrétas
Plenas dé culiés , dé fourchélas ,
D'oulas , dé plats de St. Quéntin ,
Lou tout présté én cas dé butin ,
Per coyré é brafa pitanca
Qu'éspéravoun dé sa vaillanca.

    Lous Avignounés soun dé jéns
Tant courajouz , ét tant prudéns !

    Toumbau , lévan tant caminéroun ,
Qué dins sept houras arrivérounu ,
Las dénslongas couma lou bras ,
A la vista dé Carpéntras.   **2.**

Un lanternié qu'éra dé garda ,
Véjet pas pu léou l'avant-garda ,
Qué couris aco daou major :
Moussu , souy ; sou-dis , un butor ,
Ou , sus cé qu'ay vis dé la porta ,
Toutés lous bénits soun per horta ;
Tramblé , moussu lou coumandant ,
Car approuchavoun én cantant
Un cértén air loug dé la routa
Qué sémblava lou dé l'absouta ;
Amay crézé dins lou sagan
D'avédré aouzit un capélan.

Lou major qu'éra uu viel roudrigou
Dis , én sé gratant l'émbourigou,
Ay , moun Diou ! qué mé contés-tus ?
Cantou l'absouta ?... Sén pérdus.
Vay vité querré la patrouilla ,
Rétourna à la porta é borouilla.
Mais aouméns, s'éra l'énémi ,
Yé digués pas qué souy aïçi.

Las portas séguérou barradas ,
Bén clavadas , bén accoutadas ,
Amay dégus dins la cita
Sé crézié pas én surètat.
Cépandant la crouzada arriva ;
Lou lanternié yé dis , qui viva ?
Sén . pécayré ! d'Avignounés...
Dé qué vouléz ?... Qué nous dounés
La charitat qué Diou coumanda ,
Dé pan , dé vinét é dé vianda ;
Car sèn toutés dé paouras jéus
Qu'avén pas manjat dé lon-téns....
Quan sès ? Pas qué quatré ou cinq mila,
Pesta ! envalarias bé la vila.
Cay sès véngus trop à la fés ,
Diou vous assisté , avén pas rés...

Pas rés ? hébé ! Dîou vous ou rendé.
És inutilé qu'on atténdé....
Sén anéroun aqui déssus
Déglézis couma éroun vengus.
  Dins Carpéntras sé rassuréroun
Quand per ésquina lous véjèroun,
É dizien déssus sous ramparts,
Ah ! Scignour, qué dépélucarts !
Dîou gardé qu'una téla troupa
Toumbéssé sus un plat dé soupa,
L'avalarien bé quand lou plat
Sérié dé la grandou d'uu prat.
  Raillavoun, fazien la charrade ;
Cépandant, gara la bourgadé !
Das crouzats lou troupel goulut
Jitet aqui soun dévoulut.
Poudéz-mé diré la driansa,
Quand sas déns intrèroun én dansa !
Dins uu moumén tout séguet nét,
Yé quitéroun pas un caoulét.
Jujas sé la paoura poulailla
Escapet d'aquéla batailla.
Hélas ! dé l'un à l'aoutré bout
Faguèroun man bassa sus tout..
  La grella, lou fioc, la tampesta,
Layssoun aouméns quicon dé résta ;
Mais élés, pirés qué lou fioc,
Quittèroun pas rés dins lou lioc.
Tout séguet dins aquéla émuta,
Frippat én méus d'una minuta,
É lur appétis vérs la fin
Coumançava à sé métré én trin.
  Après aquélas répétillas
Chacun prén soun sac é sas quillas,
Dizoun l'*agimus*, é s'én van
Afamas couma ci-dévau,

Canterou d'una voix pus douça
L'*obit* futur dé Cadaroussa,
É l'acabèroun tout éscas
Quand yé séguèroun arrivas.

~~~~~~~~~~~~~~~~~~~~~~~~~~~~~~~~~~~~

TROISIÈMA CANT.

Quaoucus qué la vénjença anima
D'una couléra léjitima ,
Quand sérié dous couma un agnel ,
Adoun chanje dé naturel ,
Trambla , ven palle, s'ésfoulissa,
Lous yols sannoun dé malica,
Sarra lou poun én gruméjan ,
S'éxprima pas qu'en blézéjan ,
É , pus proumté qué la tampesta ,
Couris sans crénta à la batesta.
Mais s'és éncara pounjounat
D'un appétis dézourdounat,
Sé lou jnné é la fan canina
Y'an coulat lou ventré à l'ésquina ;
Oh ! poudéz diré : fins d'agnel ,
Lou tigré n'és pas pus cruel ;
E , dins la raja qué l'éntréna ,
Prénez garda à vostra coudéna:
Car una fés qué la téndrié
Embé las déns l'éstriparié.

Antaou mènaça Cadaroussa
L'armada qué la fan yé poussa.
Anan véïré déqué fara ,
É sur-tout coussi brafara.
Pantaloun métet pé à terra
É ténguet un counsél dé guerra ,

Compaouzat dé quinzé oufficiés ,
Sept capucins , noou courdéliés ,
Quatré serjants , dos éspéçadas ,
Trés quincaillés chefs dé brigadas ,
D'un fifré noummat St.-Amour ,
D'un fréra carmé é d'un tambour.

    D'abord toutés sé régardéroun
É l'un l'aoutré sé démandéroun:
Pioy qué s'ajis d'un siéjé ayci ,
Déqu'és un siéjé , moun ami?
    Un mouyné diguet : per lou fayré,
Caou manda querré un cadièyrayré
Lou pus adréch dé soun méstié.
Un aoutré dis qu'un ménuzié
Farié la caouza pus soulida ;
D'aoutrés qué sérié pus poulida
Sé y'éamplégavoun lou tournur
Qu'avié fach las formas daou cur
A la gleyza St.-Agricola.
    Amay faoudrié carga l'éstola ,
Diguet un serjant éscaoufat,
É s'alounga dins un sofat,
Qué couma aco prendrian la vila
D'una manièyra pus tranquila
É mardi mous paourés paters ,
Yéou crézé qué sés fort ésperts,
Quand s'ajis én théolojia
Dé barja contra l'hérésia .
Dé drafa dins un réfectoir
É dé rounfla dins un dortoir ;
Mais qué ni siéjé , ni batailla
Siégeun lou fait dé la mouynailla ,
Ma foi, nous avéz counvéncus
Qué sus aco sés pas létrus.
    Taxa dé mouynés diguouréuça?
Gara la mésintellijénça !.....

Mais lou chef, per un bén dé paix,
Mandét lou serjant as arrêts.
Couma aeu las barbas calèroun
É las éspazas onpinèroun.
    Un oufficié qu'avié servit
A taoula fossa jéns d'ésprit,
Homé autrasfés dé bona mina,
Quand fazien fioc à la couzina,
* Mais qué dé la rigou daou téns
N'avié pas saouva qué sas déns;
Un oufficié dé bourjoizïa
Diguet, d'un air dé coutoizïa :
    Messius, ay souvén més lou nas
Dins las feuillas dé Morénas ;
A ma pocha éncara n'ay una
Ounté sé trouva per fourtuna,
La rélatioun tout aou long
Daou sièjé dé Berg-op-zoom.
May qué faguén couma faguèroun
Lous degourdis qué lou prenguèroun,
Vous juré qué dins quatré més,
Cinq aou plus, Cadaroussa és prés:
Car.... Layssa la car, malapesta!
La qué nous trota per la testa
Voou pas d'alonguis couma aquel,
Yé réspoudet tout lou counsel.
Bén bélcou lous francés manjavoun
Davaut la vila qu'assiéjavoun ;
É vos qu'ayçi sans tasta rés,
N'aoutrés passen quatré ou cinq més?
A l'aoutra qu'aquéla és riblada
    Aou miech dé l'illustra assémblada
Lou fifré en haoussant soun siblet
Cridet, Messius, aco soulet
Sans tenta lou sort d'as bataillas
Voy fayré toumba las muraillas

É vous livrara lou fricot
Dé la superba Jéricot.
Aquésté vespré sus la bruna
Avant lou léva dé la luna .
Yéou qué vous parlé é lou tambour
Dé la vila farén lou tour ;
Él tout én batten la dragouna ,
Yéou tout jougan la farandouna ,
Quand séren aou cantou d'aval
Faren l'ouvetura d'un bal ,
Per una muzica tant douça
Qu'attirara tout Cadaroussa
Sus la paret d'aquél coustàt ,
Vendra tout lou puplé éncantat ;
Vaoutrés , dins aquéla éntréféta ,
N'én pourrés fayré la counquéta
Én grimpan toutés à la fés ,
Sans rés diré , as aoutrés paréts.
Quand on n'a ni claous , ni sarailla ,
Faou bé mounta per la murailla ,
Aqui , Messius , un bon avis ,
Sé n'én proufitas pas , tant pis.
  Lou counsél jujét à bel imé
Qu'aquél avis éra sublimé ;
E béléou méma aourié passat
S'un grand l'ajessé prépaouzat ;
Mais sé sap qué paoura persouna
Gasta tout percé qué rézouna.
Révonguén aou counsél proufoun
Qué ténién las jéns d'Avignoun.
  Lou grand , l'illustré Pantaloni ,
Nébout daou célébré Pouloni ,
Én chef habilé é jénéroux ,
Tratet lou fifré dé fouyroux ,
Ét juret qué sous sa counduita
Aourién la vila tout dé suita.

N'aven, s'ou-dis, qu'à l'invésti,
É sus lou chan la démouli.
Vivat! vivat! cridet la clica,
Aquél avis és sans réplica;
Parlas-mé d'un bou jénéral,
Noun pas dé fifré ni dé bal.

Cépandant la vila assiéjada,
Dé tout ayço fort afflijada,
N'én témoignava sous régrets
É prégava Dîou per la paix:
Mais restèroun pas dins lou troublé
D'assujéti per un bon coublé
Lou boy pourrit dé soun pourtaou,
Cé qué l'asséguret un paou;
Entasséroun sus la murailla
Dé cayrous, dé peyras dé tailla,
Per régala lous énémis
Sé s'approunchavoun trop d'aquis.
Gnajet méma qué dins la suita,
Bou èrou à pléna marmita
D'oli bouillén qué tant traouquet
Qué jusqu'as ossés lous taquet.

Lou maréchal toujour terriblé
Éngajet un coumbat hourriblé,
Couma véyrés dins un moumén.
Mais countén tout paousadamén.

Lou prémié consou dé la plaça
Sé préséntet dé bona graça
A la fénestra d'un oustaou
Qu'éra bastit sus lou pourtaou.
Aqui métet sus soun éspalla
Un pétas d'éscarlata salla
Éstacat à soun habit gris,
É lénguéjet lous énémis.

Méssius, yé diguet, vostr'armada
Dins Cadaroussa és tant aymada

Qué tant pus léou déscampara
Tant may dé plézi nous fara.
És nostré blat qué vous attira ?
N'aven pas guyré, mais, fouillira,
Daou paou qué y'a vou'n baylarén.
Aoutan couma n'én gardarén.
Lou prix és una bagatéla,
Pagan noou fancs dé la touzéla,
Vous la livran à dech éscus,
É finigan aqui déssus ;
Faou toutés éstré rézouhablés.
　　Tirariez pus léou trénta diablés,
Viel uzurié, doublé larroun,
Réspoundei lou fier Pantaloun,
Qué noun tiraràs dé ma pōcha
Trénta francs per vira ta brocha.
Voulen tout lou blat per parés ;
Sans counta qué nous pagarés
L'insulta pléua dé malica
Qu'avéz fach à nostra milica,
A lou sucré qu'avéz mandat
A moussu lou Vicé-légat.
Lou consou répliquét : é coura
Farén aco ? Dins méns d'una houra,
Ajustet Octava én furou
É sus lou toun d'un loupgarou.
　　Aqui couméncet una guerra
Capabla d'ésfraya la terra,
Sé qu'auqu'autur couma sé déou
N'ajesé parlat avant yéou :
Mais l'historia n'én séguet facha
Dé la man d'un paouré pétacha,
Sans gous, sans régla, sans ésprit,
É n'ajet pas jés dé débit.
S'ajis dé né vénja l'injura
l'er la pus brillanta pintura.

3

Per qu'inlay défora é dédins,
Tout aco fazien lous mutins.
Lous dé la vila éroun pas força,
Mais manfavoun , avièn dé força ,
Lou maréchal lous counduïzié
É soun rampart lous défendié.
Défora , lou noumbré émpourtava,
É la fan qué lous incivita
Lous avié tant bravés réndus
Qué lous aurias pas counougus.
Sus lou chan vous introun én dansa,
La prémièyra troupa qu'avança,
Sans éspèra dé coumpagnous,
Séguet aquéla das maçous.
Prén lou testut, jura é travailla
A fayré toumba la mureilla ;
Lous assiéjats qu'éroun déssus ,
En n'appélan couma d'abus,
Lous arrouzèroun sus l'ésquina
D'un bon bouillon dé pérouzyna.
Couma régardavoun én bas
Yé toumbava pas sus lou nas,
Mais lou coupét bén ou pagava
É l'os bertran sé rabinava.
Vité yé pourtavoun la man,
É dizièn tout pétounéjan :
Ségnur ! quaou la bouja tánt caouda ?
Ah ! bourrel, lou diablé ta gaouda!
Dé raja anavoun é vénien ,
É chaca fés qué paréssién ,
D'amoun lous lévavoun daou rodou.
Quand éra pas à cops dé codou,
Y'énvessavoun sus sous habits
D'oli bouillén à pléns toupis.
Pantaloun poudié pas sans pénas
Véiré éscaouda tant dé coudénas ,

É per mantèni lou traval
Qu'avién couméncat aycaval,
Jujet qué das apouticairis.
Lous outis éroun nécessaris.
Anén, métez-vous à jinoul,
Yé dis, é tiras-nous d'émboul.
Cént séringas vers la mura lla,
Cargadas, noun pas à mitrailla,
Mais à quicon dé quaou lou noun
Réndrié lou vers trop poulissoun,
Escartèroun la populaça
Qué d'amoun défendié la plaça.
Lou diablé d'un qué yé réstet
Dé tant qu'aco lous émpéstet :
Mais dé crénta qué révénguessoun
É qu'a l'aoudou s'accoustumessoun,
Sé sounjèroun dé yé manda
Quaouqués pots d'*assa fœtida*.
Ah ! poudéz mé diré la festa !
Sé y'ajessoun jitat la pesta,
aquel paouré puplé éscarnit
Sérié pas éstat pus punit.
Tout aco laysset la courtina
A la merci dé la famina,
É toutés, én tapan lou nas,
Cridavoun : sén émpouyzounas.
Entrêmén lou martél boumbava,
É la murailla sé crébava,
Tant, fort qué quaouqués cops dé may
Lou jour sé sérié vis d'énlay
Mais lou maréchal Lafeuillada-
A touta la vila ésfrayada
Parlet d'un toun tant rézolut,
Qué lou coumbat séguet counclut
E la murailla garantida
Per lou mouyén d'una soutida.

Énfans ! s'ou-dis , déqué fazéz ?
Ounté anas ? perqué fujisséz ?
L'armada qu'és davan la porta ,
Quoiqué noumbrouza , és-ti tant, forta
Qué noun l'éstreillén à soun tour
Couma aquéla dé l'aoutré jour !
Counõuysséz bén paou la famina
Qué l'aîlaquis é qué la mina !
Vous juré qué l'ésquinarén
Quand défora l'attaquarén.
Es vray qué portoun décanullas,
Dé séringas é déspatullas,
Ciséous, tira-pés é tranchéts,
Martels, é tout cé qué voudrés ;
Ou volé : mais ounté és la pougua ?
Sé pot-y véiré sans vergougna
Dé touillaous couma vaoutrés sés,
Qué chacun dé la car qu'avéz
N'habillarias una vingténa ,
Créni dé jéns d'aquéla ména ?
Vénez, ouvrigau lou pourtaou,
É davan qu'ajoun fach soun traou,
A St. Créspin , à Sta. Luça
Anén bayla tapa sus luça.
Tout dizén bailén un tapin
A Sta. Luça , à St. Créspin ,
Lous Cadaroussiéns partissoun.
Ouvrissoun la porta é sourtissoun.
Es vray qué lous Avignounés
D'abord séguéron fort surprés
Dé véiré défora la porta
Lefeuillada émbé soun éscorta.
S'ajéssoun pas fach lou matres
Aquel moumén sérien intras ;
Mais la fénnas qué démouréroun
Sus soun nas , ma foi la barréroun ,

É lou maréchaf tout counfus
Yé pouguet pas intra noun plus.
Per força aqui faouguet sé battré ;
Un d'élés n'én vaillè bén quatré,
Mais enfin malas jéns soun trop.
Lafeuillada daou prémié cop
Toca un frater sus la babina
É lou fay toumba per ésquina.
L'aoutré sé réléva én dizen :
Anén, bon! mé manqué una dén
Mardi , la planissé, és daoumajé,
Quaonqné jour mé fara soufrajé;
Un certain Antoina Espiñas,
Soufflétet un grand sabrénas
Qué vité sans saoupré ounté courré
Dins un vallat saoutet dé mourré.
Un aoutré en cercan soun tranchet,
Récasset un aoutré soufflet
Adplicat per lou même Antoina.
Un coumpouzitou d'antimoina
S'approcha l'éspatulla én mau ,
Mais tout éscas avié prés van
Qué loudit Antoina l'éspéilla
D'un cop dé griffa sus l'aouréilla.
Aquél Antoina éra per tout :
Lou vézias tantos én un bout,
Tantos à l'aoutré, é sa furia
Éra l'hounou dé la patria.
Un certen Pierré lou Garrel ,
Séguit dé Jacqués Gaoutarel ,
S'anet sézi dé la banieyra
Dé la coumpagné ménuziéyra.
Lou qué pourtava l'esténdard
Ajet dous tapins dé sa part,
É sus la un bel émplastré
Per avédré fach lou pignastré.

3.

Moun Diou, diguet én sé frétant,
Véja l'aqui, piqués pas tant,
Mais la coumpagné touta éntieyra ;
S'acousset vité à la banieyra.
É tant luchet, tant s'éscaoufet,
Qué tout lou drapeou s'éstrifet.
Pierré n'émpourtet una péilla
A la placa d'un floc d'aouréilla
Qu'avié pérdut dins lou débat.
Jacqués aou pus fort daou coumbat
Vénguet borgné: saouvet sa gloira
É sans braillas cantet victoira ;
Mais yé rétournet couma un fol
Quand sé trouvet pas pus qu'un ïol
    Un noummat Pergori Latroussa,
Lou pus véntrut dé Cadaroussa,
S'acoussava contra un taillur ;
L'aourié crébat : mais per malhur,
Anet brounca contra una moutu,
É baroulet couma una bouta,
N'importa, én roulan allounguet
Tant dé taillurs qu'éndévénguet
Tout lou resta én yé faguén plaça
Cridava, gara la béstiassa !
    Mais vous faillié véiré lou trin
Qué faguet un aoutré mutin,
Appélat Guillaoumé Labutta ;
Noun cé plazié qu'à la disputa.
Moun Diou ! lou michant garnimént !
Ataquava indifférामént
Tout cé qué y'avié dins l'armada
Ouficiés, serjans, éspéçada.
Manobros, charrouns, courdouniés,
Taillurs, é jusqu'as aoumouniés,
Per la barba én tant dé couléra
Rébalava un révéréńd pèra,

Qué sé lou peou avié téngut.
Mourré é peou , tout sérié véngut.
Per bonhur la sénta crinieyra
Éra d'una bourra éstranjeyra
Fol d'avédré mencat soun cop ,
Lou ladré préns lou grand galop ,
Boumba lou fifré sus la mayssa ,
Tomba le tambour sus la cayssa ,
Copa las réglas das maçouns
Sus las éspallas das charrouns ,
É réven cargat dé lézénas
Arrapadas à sas coudénas.
    Pas méns terriblé é pus brutaou ,
Un certen Nicoulus Barraon
Prénguet una himou tant cruèla
Qué faguet piré qué la grèla ;
Car d'un azé , à graud cop dé-pé ,
Davaler un marchand frippié ;
Aou col agantet un orfèvré ,
É lou guériguet dé la fèvré
D'un cop dé poun dins l'estoumac ,
Cé qué faguet vouyda lou sac
D'aqui sé jita dins l'armada
É saouta sus la moulounada ,
Tusta l'un , mét l'aoutré jont él ,
Graoufigna aquésté , mord aquél ,
Émporta chaca floc qu'atrapa ,
Rénd vingt soufléts per una tapa :
É dins tout aco perdet pas
Qué lou péou , las déus é lou nas.
Mais quaou countarié l'aboundança
Das exploits , das traits dé vaillança
Qué faguet dins aquel rambal
Lafeuillada lou maréchal ;
Es aquel qué sé distingava !
Dé la maniéira qué picava !

Aourias dich qué lous pus hardis
N'éroun pas qué sous apéndris.
Pus réddé qué jés dé coursaris
Toumbet sus lous apouticaris.
L'on sap coussi la jalousié
Irrita las jéns daou méstié ;
Passa aou travers dé cént canullas,
Brava, séringas, éspatullas,
Ranversa mourtiés é canous,
Tapina méstrés è garçous,
Dins lou désordré tant sé bagna,
Qué l'on né vézié per campagna
Qué d'apouticaris aou saôou
Presqué morts dé cops ou dé poou,
   Cépandant malgré soun aoudaça
Y'avien tant jitat sus la faça
D'aoupiatas é dé lavaméns,
Bolus, médécinas, énguéns.
Séné, tartra, manna é rébarba,
Qué sous ïols, sa mayssa é sa barba
Régoulavoun dé tout coustat,
É tout soun corps n'éra inoundat
N'avié suçat qu'aoucas lampadas,
É vous yé vénguet dé trinquadas,
Méssius, pus vivas qu'un malaou
Noun las séntis à l'espitaou.
Faouguet d'abord qué s'assétessé,
Pioy, dins un moumén, qué faguessé.
Déqué?... Passén sus aquél fait,
Grossa purga fay grand éfet :
Mais s'atacas la bourjoizia,
Fourbias toujours la farmacia.
Lou maréchal, antaou hourrat ;
Éro aqui dounc fort afayat,
Quand lou révérénd pèra Ambroiza
S'avancet pre yé cerca noiza.

Lou prénd bras dessus, bras dessous,
S'allongoun aou soou toetès dous,
É vira, révira, bourdouyra.
Per bonhur l'autré avié la fouyra ;
Nais tant faguet, tant halénet,
Que pèra Ambroiza sé purguet,
È partajet una couranta
Qué n'aurié fach dansa cinquanta.
L'un yon dé l'aoutré fort counfus
S'éscartèroun aqui dessus
Per ana paouza sa danréa.
. Entrémén dona Rénoumméa
Qué méscla toujours per milat
La messorga à la véritat,
Diguet qué la man anjélica
D'un enfant dé St. Dominica
Avié massacrat sans rézoun
Lou maréchal én trahizoun.
Aquéla funesta nouvéla
Chanjet lou trin dé la quéréla,
Talamén qué lous pus hardis.
N'én séguèroun couma écaouzis.
Tout maoudissié, tout détestava
Lou pèra qn'à soun tour pestava
Dé sé véiré tant bén ménat
Après avédré tant junat.
S'accousèroun bé vers la porta,
Mais una noumbrouza cohorta
Qué y'éra méssa davant,
Lous éscartet én sé moustrant.
L'illustré chef dé la crouzada
Él méma yé l'avié paouzada,
Ét tant finamén lous ménet,
Qu'à la fin lous énvirounet
Lou soul éspoir dé Cadaroussa
Ajet touta una armada én troussa.

Dédins n'avié pas démourat
Qué lou féméclan , lou curat ,
Soun clerc é moussu lou vicari ,
Qué toutés dins lou bréviari
Despioy cinq jours éroun après
A cerca vespras dé la paix.
Cépandant lou signal sé donna ;
Fifré , haouboy , troumpéta , tout sona ,
L'écho dévénguet à soun tour
Fifré , haouboy , troumpéta é tambour ,
É sé livret una batailla
Qué faguet tramblat la murailla.
    Lous ménuziès , armats d'aysséts ,
Dé manayras é dé resséts.
Mais sans courajé , s'avancéroun ;
Lous énémis lous éspoussèroun
Couma un mestré dins sa foulié
Ramouna un pichot éscoulié.
    Lous pégots prénguèroun sa plaça ,
L'air ménaçant , l'iol plén d'aoudaça ;
Partissoun én picant daou pé ,
Éspadrounoun daou tira-pé ,
Dégaynoun tranchét é lezéna
É s'anavoun batré sans péna ;
Mais sé virèroun én cridant :
Antoina y'és , gara davant.
    La léjioun dé Sta. Luca ,
Per pas crouca tapa sus l'uça ,
Dé yon ménacet daou ciscou
É démouret jout soun drapeou.
    Lous maréchals , pichota troupa ,
Mais qué prén fioc couma d'estoupa ,
Marchoun lou martel d'una man ,
É dé l'aoutra lou butavant.
Lous énémis lous défiàvoun ;
Mais dé véiré qué s'avançavoun

Én démouns sourtis das enfers ,
Qu'éroun soustéugus das fraters
E séguis das apouticaris ,
Dé la mort fermiers ourdinaris :
Oh ! diguèroun , per ara , hélas !
Nous podoun souna nostré clas.
Faoudrié qué lou diabié pétessé
Quand émbé naoutrès sé métessé ;
Mais pourtan , mouri per mouri ,
Émbé gloira aouméns faou péri.
   Virgilé ou dis , n'én caou pas riré ,
Lou déséspoir és un grand diré ;
Aoutrasfés soun princé troyén
Sé saouvet per aquel mouyén ;
Mais sé lous Grecs dins la butesta
Y'avien rébillat à la testa
D'énguén gris , d'*assa fetida* ,
Dé pilulas , *et cœtera* ,
Tout lou déséspoir qué supaouza
N'aourié pas say qué fuch gran caouza.
Qué qué n'én sié , vénguéu aou fait.
   Lou déséspoir dounc arrapet ,
La banda qué sé réfrougnava
Daou danjé qué la ménaçava ,
Dé tout coustat vénount as mans ;
Jés séguèroun pas fénéans.
Tout piquet , dins aquéla festa ,
D'aou pé , dé la man , dé la testa ;
É buta , é gara , tu n'aouras.
Lous fraters mitat éngrunas
Cridavoun : à moi , bourjoizia !
Lous maréchals dins sa furia
Fazien baraya sous martels ;
Lous aoutrés à cops dé capels ,
Adréchamén lous émbourgnavoun ,
Lous mourdien , lous éngraoufignavoun.

Un martel toumbava déçay ,
Prénien un butavan délay ,
Talamén qué la maréchala
Danset anfin la martingala ,
É d'aquél rodou s'ésquivet
Aou prémié moumen qué trouvet.
   Cépandant lous apouticaris ,
Pu terriblés qué dé coursaris,
Éroun aqui qué ténien bon ,
Per battré l'énémi de yon.
Huroux s'aguessoun prés la larga
Quand yé faguéroun la déscarga !
Mais . hélas ! d'aquelés guerriés
A vingt passes on és trop près ,
Tirèroun d'aquéla distinça , _
É poudes me diré la dansa.
Lous enémis émpouyzounas
Dès qu'aco yé mountet aou nas ,
Tout dé suita sé débandèroun
Dins lou pargúe long-téns roudèroun :
Mais , répoussats à chaca bout ,
Trouvavoun la pesta per tout ;
É, trop malaous per sé défendré ,
Força yé séguet dé sé réndré :
Toumbèroun miech morts à l'énvès.
   Alors chacun das aoumouniès ,
Aou lioc dé démanda sa graça ,
Lous van métré dins la bézaça ,
La sarroun émbé un gros courdoun ;
Avien béou démanda pérdoun ,
Faouguet , aou foun d'aquéla ayzina ;
Ana réndré sa médécina ,
É qu'aqui réstessoun aou jas ,
En atténdén d'estré pénjas.
   Una filla gaillarda é béla ,
É lèjitima , én turèla

Dé nostré famous maréchal ;
D'un traou dévista aquél rambal ,
É planta aqui sa coutéria ,
Per ana saouva sa patria.
Sé voulez apréné soun noum ,
Era la charmanta Frauçoun.

La jouré , un paouquét dégouillada ,
Partiguet touta éspandouillada ,
Sans carga fichu ni vantaou ,
É faguet ouvri lou pourtaqu.
L'armada , sus aquél spectaclé ,
Dé tout coustat cridet miraclé ;
É , dé véyré un objet tant gras
Réstèrou couma émméduzas.

A quaou né voou madoumayzèla ?
Yé dis un barbié séntinèla....
Souy la filla daou maréchal ,
Démandé vostré jénéral ,
Diga-mé yé qué véngué vité ,
É qu'à Cadaroussa l'invité
A véni préndré un dét dé vi ,
Sé mé voou fayré aquél plézi.

Pantaloun sans sé fayré aténdré
Prés d'éla aou pus léou ven sé réndré ;
É vous planta un téndré régard
Sur un gros micch quintaou dé car ,
Dé queou nostra Judith mouderna ,
Fazié léga à soun Holoferna.
Lou galant pénset oublida
Qué vénié per lou couvida ,
Mais éla , à cé qué dis l'histoira ,
Y'ou remétet dins la mémoira.

Eh bé ! yé dis él , qué voulez ?....
Qué rélachés lous prisouniés ,
Équé rooumpégués l'abstinença ,
Réspond , émbé una révérénça ,

Françounéta d'un air counfus.

Oh certa ! aco's pas dé réfus ,
Dis lou chef , avez ma paraoula ;
Mais vité anén nous métré à taoula.
Én parlan autaou toutés dous ,
S'én van bras dessus , bras dessous ,
Introun dins la vila é réfermoun ,
S'en van métré à taoula é s'éufermoun ,
É tant bafret , et tant fioulet
Pantaloun , qué s'énchijourlet.
    Quaud ajet bén prés la minota ,
La trouillaouda qu'éra pas sota ,
Yé démandet dé l'éspouza. ....
Yéou vous ou vouliey prépaouza ,
Diguet lou jénéral ivrougña ;
Mais pér fayré aquéla bézougna ,
Faou un noutari , dé papié ,
D'ancra , una éspéça d'aoumounié....
O boutas ! ségués pas én péna ,
Aourén de touta aquéla ména ,
Dins un moumen , yé dis Franço u n ,
Sucré !.... Lou bravé Pantaloun
Aqui dessus saouta , l'émbrassa ;
É , quoiqué séguessé fort grassa ,
Ajet leou ménat lou curat ,
Per véni passa lou countrat.
Tout curat éra adoun noutari....
Per témoins , moussu lou vicari.
É lou clerc , qué lou séguissien.
Dous témoins alay sufizien.
    Lou réjistré éspandit sus taoula ,
Lou capélan prén la paraoula .
É démanda aou grand Pantaloun
Cé qué voou fayré dé Françoun.
La volé fa , s'ou-dis , coumtéssa ,
Marquiza , duchéssa , princéssa ,

Bon ! mais ounté ès vostré countat ?....
És à Vaouréas , dins un prat....
Vostré marquizat ?.... Dins la jussa
Ounté loja moun garda cassa....
Bon ! és éscrich.... É lou duché ?
És situat jout un péché.....
Bon ! mais éncara una démanda :
La principaoutat és-ti granda ?
Oh ! per aquéla , moun ami ,
La téné dins un pergami ,
É n'én savé pas l'éspandida ,
Car l'ay pas éncara léjida.

Bon ! bon ! trinquén é sinnas-vous....
Oúyda , trinquén é sinnén-nous.....
A vous , madama la countéssa ,
Sinnas gaillardamén , princéssa ,
Marquiza , duchéssa , Françoun ,
É moulié daou grand Pantaloun.
Aça , baylas-vous la manéta ,
Qué vous énliassé ara méméta.
Parlas éntrémén qué yé souy ;
Vous voulez-ti ?.... Diguéroun : ouy :
É dins trés cops d'ayga bénida ,
La caouza sé trouvet finida ,
La cadéta d'un maréchal
Ségnet fénna d'un jénéral.

Pantaloun célébret la festa
En homé qu'à perdut la testa ;
Lou souèr , éra tant abestit
Qué s'anet coucha tout véstit.
Lou déndéman sa chèra éspouza
Yé démandet tonta jouyousa :
Éh bé ! qué fasez ? qué disez ?
Moun marit , saiqué dourmissez ?
Vostré marit , madoumayzèla !
Per ara mé la countas bèla !

Diguet mounségour irritat....
Ouy , moun marit , é per countrat :
N'ou préndriey pas briza per rire
Sé pénsavés à vou'n déduré ,
Voou may viouré couma ou dévez ,
Embé vostra princéssa én paix ;
Aontramén sés mort dins una houra....
Oh ! plan , ma mia , é déspioy coura
Jouïssé dé tant dé bouhur ?
Déspioy hier aou souèr , mounségour.
Eh bé ! longa may , té lou juré
Qué prégué lou Ciel qu'ayço duré
Un parél dé cént ans : auén ;
Toca la pata é déjunén.
Dizez qué la soutiza és facha :
Tant miux ; pendut sié quaou s'énfacha !
Ara resta à fàyré la paix ,
A rélacha lous prisounniès ,
A préné lou blat qué démanda ,
Lou Vicé-légat qué nous manda ,
A farci las jéns qu'ay monat
Jusqu'à véntré déboutounat ;
E surtout la sénta mouynailla
Dé quaou faou doubla la vitailla.
Quand séran sadouls , dansarén ,
E déman nous énanarén.
May qu'émpourtén força touzéla ,
Avignoun countén dé moun zéla ,
Souy ségu qué quand la véyra ,
Coumé un Cézar mé récaoupra ,
É qué faran , sus ma victoira ,
Dé versés dignés dé ma gloira.
Sé sap bé qué guaoura pas un
Qué noun choqué lou séns coumun ;
Mais , amay nous donoun la broda ,
És bon dé dourmi sus una oda.

Tu , ma chèra sénnéta , tus,
S'alay t'apèloun pas Vénus ,
Per lou méns lou noun dé déessa ,
Faoudra qué rimé émbé duchessa ,
É qué la rima dé Junoun
Marché émbé aquéla dé Françoun :
Véyras , véyras , quinta filada ,
N'én van fayré à nostra arrivada !....
   Per ara , tas jéns énsacas ,
És téns qué siègoun déstaca ,
É qu'éminénoun à lur couzina
Lous nostrés miech morts dé famina.
   Lou chef parla , l'ordré partis ,
Lous Avignounés avertis ,
Copoun lou courdil dé la biaça ;
Tout sé perdonna , tout s'émbrassa ,
É sé réndoun én quatré saouts
Dins la vila é per lous oustaous.
   Avicy proumés qu'aquésta histoira
Éspaouzarié dé lur machoira
L'infatigablé acharnamen ;
Qué la véyri s én mouvémén
Fayré mila ésploits dé vaillança ;
D'ardon , dé forca é dé counstança ;
Mais , pécayré ! à moun grand régret ,
Seuy trop flac per aquél sujet.
Justé ciel ! é quaou pourrié diré
Quaou paou digunamén vous instruiré ,
Das pronessas qu'aquéla fés
Faguèroun lous Avignounés ?
D'éstoarnels sus las oulivédas ,
La tartalassa sus d'anédas ,
Aou bos una banda dé loups
Sus un éscachou dé moutous ,
Ni lous mounnés sus la fricassa
Lou béou jour dé St. Bonifaça ,

Hélas ! noun toumbèroun jamay
Couma élés faguèroun alay
Sus la pitança frésca é caouda.
Dins aquéla sénta maraouda
Las déns fazièn un tel fracas ,
Qué s'aouzissié dé Carpéntras ;
E dé la façoun qu'émbalavoun ,
Aoùrias jurat qu'éscamoutavoun.
Mais faou qué tout préngué una fin.
Quand séguèroun plés dé butin ,
Trouquèroun sás quinzé carrétas ,
Cargadas dé plats , dé fourchétas ,
Dé tout cé qu'avién émbalat ,
Per dous cént carradas dé blat.
Adoun déspléguèroun banieyra.
Françoun partiguet la dernieyra ,
En croupa darriès Pantaloun ,
É régagnèroun Avignoun.
Mais , à la plaça dé l'absouta ,
Jusqu'as à la fin dé la routa ,
Cantéroun tant Alléluya ,
Qué poudién pas pus ganguéla.

~~~~~~

CANSOU LANGUEDOCIENNE.

Margot, touta matinousa,
Vaï gardà sous moutounés,
Prén soun fus et sa filousa,
Et lous ména per pradés.
Lou pastour én sa muséta,
Yé vèn per la réjouï.
Quinté charmé, sus l'herbéta,
Dé goustà un tèl plési !

Mais quinté cruel martiré
D'aïmà, d'èstre pas aïmat !
Yeou trové parès dé piré ;
Vaoudrié maï èstre damnat.
Maoudi sié la destinada
Que mé rend tant malhurous !
! la michanta journada
Quánd yeou seguère amourous !

Sé jamaï d'aquela fébré
Moun cor ès débarrassat,
Couriraï couma una lèbré,
è poou dé n'èstre atrapat.
Dins lou foun d'un ermitagé
naraï fini mous jours ;
oun mangeà sera d'herbagé,
oun buouré sera dé plous.

CANSOU LANGUEDOCIENNE.

Air : *Ah ! Madelon , qu'avez-vous donc ?*

L'aoutré jour én mé perménan
Né véchéré , véchéré Liséta ,
Qué fadégeava émb'un énfan ,
Assétada déssus l'herbéta.
     Chut , chut ,
     L'Amour ès vengut ,
Es véngut per charma Liséta.

Aquél dîou , én foulatrégean ,
Mé vénguét , mé vénguét fa l'aléta ,
Et mé dounèt , én s'énvoulan ,
Un poutou raoubat à Liséta.
     Chut , chut , etc.

Una rosa , émbé caouquas flous ,
Mé vaouguét , mé vaouguét dé Liséta
Sus sa bouquéta trés poutous ,
Tout én yé saran la manéta.
     Chut, chut, etc.

Dé dous , l'Amour né faguét qu'un ,
Un soupir, un soupir de Liséta ;
Sous yols briavou couma un lun ,

Et lous mîous fasièn pampaiéta.
    Chut , chut ,
    L'amour ès véngut ,
Es véngut per charmà Liséta.

〰〰〰〰〰〰〰〰〰〰〰〰〰〰〰〰〰〰〰〰

CANSOU LANGUEDOCIENNE.

Air : *Le connais-tu , ma chère Eléonore ?*

ounougut , charmanta pastourèla ,
ounougut , lou pus doux das pécas.
s vouïès , pioï vouïès pas , cruéla.
d as vougut , as vougut tout éscas.

é ! moun cor , parla-mé , pécaïréta ?
rénissiès ? qu'as ésprouvat d'afrous ?
sas soun toujour sus ta bouquéta
béoutat mouris pas das poutous.

ssèl qué buou dins una fon claréta ,
ubla pat èt paréï tout jouyous ;
ou dé méou culit sus la flouréta
sis pas , é flata nostré gous.

~~~~~~

ODE D'ANACRÉON,

TRADUCTION LANGUEDOCIENNE.

PORTRAIT DE BATYLE.

Se parlo pas que de tus din la vilo,
N'aï pa jamaï douta de toun talan,
Més se vos faïre un pourtrë de Batylo,
    Suvis-me, sera ressemblan.

D'un negre fin faï-i sa cheveluro,
Lou bou deis peoüs que tire sus lou bloun,
Faï-leis flouta, se vos à l'avanturo,
    Coum'à la testo d'Apoulloun.

Seis ussos soun d'un beou negre d'ebeno,
Semblou dous trés qu'a vira lou counpas ;
N'i a dous pariés dins un temple d'Ateno,
    A la figuro de Pallas.

Seis poulis ïeuls soun tendres quan vous fissou,
An de Venus leis amourous regars,
Més entremen de tan de fio luzissou
    Que dirias que soun leis de Mars.

Un pan de flou se vei sus sei gaoutetos,

Un peou fouleje es souto soun mentoun ,
Vesés aoussi sus seis cars vermelietos
      Blanqueja lou pu fin coutoun.

De quante biaï que moun esprit se vire ,
Te rendrié pas sa bouquo aou grand jamaï ;
Quan parlo pa , dis tou ce qu'on po dire ,
      Et quan parlo es ben quicon maï.

Més per soun col , faï-i d'après naturo
Lou d'Adounis , beou galan de Venus ;
Seis beleis mans soun leis mans de Mercuro ,
      A l'estouma d'aou diou Baccus.

Aïmariei ben que pouguessés me rendre
Aquel quicon qu'un jouine ome sentis....
San parla maï tus me duves entendre ,
      Car aquel quicon espelis.

Oublides pas seis espanlos d'ivoiro ,
Ni seis penets : aco vaï ben , i siés ;
Vejaqui tou , crese que ma memoiro
      Laisso pas pus ren en ariés.

Aqui Batylo , es el , es soun visaje ;
Pintre , couris aou temple de Junoun ,
Touteis diran , en vesen toun ouvraje :
      Aqui lou pourtrë d'Apoulloun.

~~~~~~

ODE D'ANACRÉON.

TRADUCTION LANGUEDOCIENNE.

DÉLIRE BACHIQUE.

Vole beoure uno fon de vin ,
Boujas aderé leis rasados ;
Anen, vole estre maï qu'en trin ,
E garo leis escarlinpados !

Faraï beleou caouquo foulié ;
Oresto , quan tué sa maïre ,
N'en fasié ben tant que voulié,
Et ieou n'ai pa tua moun païre.

Vole que moun diou , que Baccus
Escaoufe ma testo pelado ,
Que soun fio me mette à noun plus ,
Qu'intre din moun amo en flamado.

Avan ieou Erculo en furou
Fasié trambla touto la tero ,
D'eici , d'eilaï , sabravo tou ,
Et cridavo coum'un tounero.

Amis, poudés estre en repaou ,

Sente que la testo me peto ;
Més en de qué vous fariei maou ?
Meis armos soun uno tasseto.

~~~~~~~~~~~~~~~~~~~~~~~~~~~~~~~~~~~~~

ODE D'ANACRÉON.

TRADUCTION LANGUEDOCIENNE.

SUR LA ROSE.

Arou tenen la poulido sesoun ,
Aoussi ma muso es un paou matinieiro ,
Vôou vou canta la pichoto cansoun
Qu'aï fa dessus la roso printanieiro.

La roso , amis , es l'alen deis amours ;
A tou moumen leis Graços la sentissou ;
Dormou sus elo , e piei à seis entours
Desfan sas fielio e per tou l'espandissou.

Venus la més per dessus soun peou bloun ,
La roso brilio aou mitan de seis festos ;
Leis favouris d'aou savan Apoulloun ,
Grans pantaïsurs , l'an toujour dein seis testos.

Se vous intras dins un jardin charman ,
Quan la coupas belo , ben espandido ,

N'avès pas pôou de vou pougnie la man ,
La sentissés e lou pougni s'ôublido.

Elo es dessus leis taoulos de Coumus ,
E quito pas leis detés de l'Aouroro ,
Elo enbelis lei festins de Baccus ,
Zefir la sen sus la bouquo de Floro.

Vou countaraï aro coumo vengué :
Un jour la mar fagué forço escumado ,
E sus lou co Venus n'en nasquegué
Davan leis dieous et la terre encantado.

La roso alor vegué soun premié jour,
A sa neissenço ero encaro pu belo ,
Emmasqué tou , tou i fagué la cour ;
Segué la flou de la troupo immourtelo.

Ressaoupegué de présens d'un chacun ;
Lou jouine diou à caou duven la vignio
La tralé ben , i douné soun parfun ,
Més save pa caoou i douné l'espignio.

ODE D'ANACRÉON.

TRADUCTION LANGUEDOCIENNE.

LE PRINTEMPS.

Tenen la sesoun de l'amour ,
Eiço n'en semblo uno aoutro vido ,
Lou gai printen es de retour ,
Dujà sa grasso es espandido.

L'aïguo es lindo coumo l'arjen ;
L'agralio a gagna la mountagnio ;
Vesés lou pouli ver neissen
Que couvris touto la campagnio.

Lou sourel es aou e luzis ,
Von d'escanpilia leis ourajes ,
Sa presenço leis enclaouzis ,
Escoubo touteis leis nuajes.

La terre se couvris de flous ,
E leis renouvelo à touto ouro ,
Leis aoubres chanjou sei coulous,
L'oulivo naï , la vigno plouro.

L'iroundelo a passa la mar ,

A fa soun nis , es en familio ;
Vesés cabussa lou canar ,
Entendés l'aoussel que brezilio.

Tou cantejo , tout es counten ,
Tou faï l'amour sus nosto tero ,
E la vengudo d'aou printen
N'a fa lou peïs de Citero.

ᴡᴡᴡᴡᴡᴡᴡᴡᴡᴡᴡᴡᴡᴡᴡᴡᴡᴡᴡᴡᴡᴡᴡᴡᴡᴡᴡᴡᴡᴡ

ODE ANACRÉONTIQUE.

TRADUCTION LANGUEDOCIENNE.

SUR L'OR.

Se leis pistolos acanpados
En tan de peno , en tan d'esfor ,
Poudien alounga leis annados ,
 Fariei de tou per uu paou d'or.

Quan la camardo embé sa dalio
M'accoussejarié per moun tour ,
I diriei , prenés ma mitralio ,
Repassarés un aoutre jour.

Més de que ser d'estre un gros gouapo ,
E de poussada lou Perou ?

Aoutanben la mor vous arapo ,
E , quan vòou , ôou rebalo iou.

Se leis dës frounzis de la Parco
Gnieuch e jour fan vira lou fus ;
Per ïeou coumo per un mounarco ,
Soui pa pus jalous de Cresus.

Camarados , poudés me creire ,
Lou soul trésor d'Anacreoun
Es d'escoula souven soun veire ,
E de pòoupeja sa Lisoun.

∿∿∿∿∿∿∿∿∿∿∿∿ ∿∿∿∿ ∿∿∿∿∿∿∿∿∿∿∿∿∿

LOU GARÇOUN DÉ BONNE VOULOUNTA.

CANSOUN PROUVENÇALE.

Per Guiyôumette ,
Farieou un pichounet bouquet
Dé maou d'yu , dé margaridette ,
Dé giroufléyou , dé bluyet :
Per Guiyôoumette.

Per Madaléne ,
Ramassarieou dé pétaviïn ,
Dé cuergne dé poumé , d'agréne ,
Dé lambrusque , dé pissouchïn :
Per Madaléne.

Per Micoulasse ,
Vöoudrieou sarcar dè tout cousta
Dè nis dè bouscarle , d'agasse,
Dè machotte , dè gros pata :
  Per Micoulasse.

  Per Rosalie ,
Culirieou dïns nostè jardïn
La rose , l'œillet , la jounquille ,
La vioulette , lou jôoussémïn :
  Per Rosalie.

  Per Catarine ,
Mè farièou asè dè destrech ;
Loujearieou dèdïns une tine ;
Sus meïs pés dourmirieou tout drech :
  Per Catarine.

  Per Mariette ,
Coucharieou dè mourrè-bourdoun ;
Vieourieou dè porri , dè sèbette,
D'ayet , quand pudirieou courboun ,
  Per Mariette.

  Per Jaquèline ,
Mè farieou béléou asènier ;
Ramassarieou dè couloumbine,
La pourtaricou dïns un panier ,
  Per Jaquèline.

LOU NIS DÈ L'HOOURINDELLE DEIS ARENNES.

CANSOU LANGUEDOCIENNE.

La counstante Hôourïndelle
Què rétourne ôou pays ,
A soun instinct fidelle ,
Creï dè troubar soun nis :
Maï, quinteis sount leïs pénes
D'ôou pichoun animaou ,
Quand trobe qu'eïs Arënnes
An destruit soun houstaou.

Piaouté qu'es un martyrè !
Gémis la niuch , lou jour;
Dins seis cris semble dirè :
An troubla moun amour.
Dè ma flamme inoucente
Quaou dounc ère jaloux ,
Què destruiguet sens crentc
Lou nis deis amouroux.

La fangue destrempade ,
Què l'aviè fabricat ;
Ere consoulidade
Par un bec aliscat.

Emplastra contre l'estre,
Lou nis tènié ségur,
Dessoute une fénestre :
Yé pourtave bonhur.

Avié beou estré fermé,
Counsoulida, pouli ;
Après lou pus long termé
Eou s'es vis démouli.
La man asségurade,
Em' un martéou moutu,
Lia féni sa durade
De cënt co dé testu.

L'houstaou dé Mariasse
Ère sus lou terrain
Qu'ôoucupave la place
D'ôou mounument Romain.
Aco lou descancelle,
Faï changear leis catouns,
Tout coume l'hôourindelle
Em' é seis ôousélouns.

Béléou viran dessoute
D'os d'un gladiatour,
Restas dessus la voûte,
Dins dé jos plën d'hourrour ;
Baste què noun encare
Lou sang coulé per sôou,

Dins la course barbare
Dé luchar contre un hibou.

~~~~~~

LA BARJEAQUE.

CANSOU LANGUEDOCIENNE.

Sé hieuï lou cultè d'Éleusine
Sé célébrave coume antan ,
Es ben ségur qué Catharine .
Lou troubarié pas attrayant.
La paoure sarié léou perdude
Dins leis mystéris dè Cérés ;
Yourient bën léou fâch soun proucés ,
A mens qué dévenguesse mude.

Voulez-t-y qu'un sécret sé saché
N'avez qué dè yé counfiar ,
Lia pas rés qué maï sé despaché
Per vité l'anar publiar.
Discrette coume la toutoure ,
Cé qu'ôourez dit lou rédira , ·
Toute la ville lou sôourra
Dédins l'intervallé d'une houre.

Coume voulez qué sa lénguasse
Sé rétengué dins seis discours :

Quand dis même cè qué sé pas se
Su seis pu sècrettes amours.
Talle sè vei , dins lou terraïrè ,
La perdrix qu'agis bestiamënt :
Qué cante qu'à soun détriment
Per toumba soute lou cassaïré.

~~~~~~

L'AOUBRÈ INDISCRET.

CANSOUN PROUVENÇALE.

L'indiscret , qué dins la sôouzette ,
Grave soun chiffre et moun amour ,
Prenguet la rusque d'une aoubette
Per yé counfidar moun errour ;
Disiè qu'aco leissave un gagè
Dé seïs amouroux sentimens :
Maï , l'ingrat dévenguet voulagè ,
N'escrivié qué dé faoux sermens. ,

Perquè publiar ma fèblesse ,
En l'expousant ôou pus grand jour ;
Perquè desvoilar ma tendresse
A touteis leis gens d'alentour.
Es ben proun qué l'amour nous pusque ,
Qué sachè tout lou maou qu'a fa ,
Sense qu'éou gravé sus la rusque
En quinte place a trioumpha.

Quand une crédule pastoure
Cède dou jouven lougier , troumpur ,
Fôou-t-y qu'éou prengué la touloure :
Per esbrudir noslé malhur ?
Moustré sense délicatesse ,
En troumpant ma simplicita ,
N'as trioumpha d'une mestresse
Qué per n'en tirar vanita.

~~~~~~

LA FRETTUSE DÈ LA ROUQUETTE.

CANSOUN PROUVENÇALE.

Aï chôousi dins maï d'un mestier
   La meyoure branque ;
Démoié proché Sénébier ,
   Dins un béou quartier ;
   Siéou pas favanque ,
   Amé lou travail ,
   Rarament manque ,
   Presqué toujour n'aï.
      Siéou frettuse ,
  Es un mestier qué m'amuse ,
      Siéou frettuse ,
    Toujour frettaraï.

Mé fôou aver , per bén frettar ,
   D'arène granade ;

5

La pus bellè la vôou sarcar ,
   Quand la vole escurar :
      Vers la lévade
      Gnën a que noun saï ,
      Es ressercade
      Qué sé pòou pas maï.
      Siéou frettuse ,
   Es un mestier qué m'amuse ;
      Siéou frettuse ,
      Toujour frettaraï.

Quand volé passar en coulour ,
   Sabé la maniére
Dé mesclar lou baou , lou recour ,
   Qué mé faï hounour ;
   Siéou bonne ôouvriére ,
   Quand lou cas lou faï ;
      Em'é la ciére
      L'escoubette vaï.
      Siéou frettuse ,
   Es un mestier qué m'amuse ;
      Siéou frettuse ,
      Toujour frettaraï.

Vôou escurar , séloun lou liò ,
   Palette et mouchette ,
Caléou , grasie , vo carfiò
   Et ferri dé fio.
   A la Rouquette
   Fretten coume fôou.

Tant siam prouprelte ,
Pourrias mangear òou sôou.
Siéou fretluse ,
Es un mestier qué m'amuse ;
Siéou frettuse ,
Et chasqu'un mé vòou.

Quand nn mariage es arresta ,
Lei gens mé démandount ,
Per tirar quaouque vanita
D'un moblé fretta ,
Jamaï marchandount
Cé qué gagnaraï ,
Puisqué comandount ,
Moun travail yé plaï.
Siéou fretluse ,
Es un mestier qué m'amuse ;
Siéou frettuse ,
Toujour frettaraï.

D'anar frettar per leis moussus
Siéou pas gaïré en quiste ;
Dé seis moblés qué sount coussus
Passé par dessus.
D'un ébéniste
N'aï pas l'attiraïl ;
Siéou pas réquiste ,
La saraï jamaï ;
Siéou fretluse ,

Es un mestier qué m'amuse ;
  Siéou fretluse ,
  Toujour frettaraï.

Sense aver trop dèvanila ,
  Lei gens s'approupriount ,
Saboun! qu'em'é la prouprèta
  Oouraut la santa ;
  Moblès qué brillonnt ,
  Parount un houstaou ,
  Lou réquenquiyount ,
  Soun prix es pus haout ;
  Sieou fretluse ,
Es un mestier qué m'amuse ;
  Siéou fretluse ,
  Toujour frettaraï.

∿∿∿∿∿∿∿∿∿∿∿∿∿∿∿∿∿∿∿∿∿∿∿∿∿∿∿∿∿∿∿

L'AVIS EIS FILLES.

CANSOUN PROUVENÇALE.

Parpayounnet, qué tant voultigés ,
Un jour maou t'en arribara ,
Veiras qué sé noun té courrigés ,
La candelle té brûlara.
Es coume aco qué leis fillettes ,
Par imprudence, ou par errour ,

Sè troboun à la fin mouquettes
D'estre agantades per l'amour.

Leis coumplimens , leis manierettes ,
Sount pas toujour sense dangier ,
Cespandant leis chattes jouïnettes ,
Leis escoutount ben voulountier ;
Aquelle que faï pas la sourde
Court risque de s'emmélicar :
L'amour es coume la lampourde,
S'arrape m'òounté pòou toucar.

Quòou couche la porte duberte
Dèou pas s'estounar d'òou malhur
D'aver un jour la triste alerte
Qué farar cridar òou voulur.
Hé ben ! chatte es pas imprudente
Qu'à soun cor noun més lou pestéou ;
L'Amour ròoubara l'inoucente
Qué sè mesfisara pas d'éou.

L'AMOUR.

CANSOUN LANGUEDOCIENNE.

Air connu.

L'amour és pas qu'un énfantou ,
Mais quand voou toujours nous attrapa ;

Et qué qué siégé , qué qué nou ,
A d'alas, dégus noun yescapa.
Las qué dé fugi an la voulé ,
Per tant qué siégoun désgourdidas ,
. Pécairé ! an léou perdu l'halé
Quand per él n'é sou acoutidas.

Atabé , perqué lou fugi ?
On mouris pas dé sa blessura :
Es pas qu'avant dé la senti ,
Qué l'on crénis sa pounidura.
Daou maou qu'aquel manit nous faï ,
Amaï ni'agé qué sé planigou ,
Per aco volou pas jamaï
Né guéri per tant qué patigou.

Acos l'amour qué fai douvri
Las flous qu'aou printén espélissou ;
Es per el qué vésén couri
Lous moutounets qué s'acoutissou.
Elés l'an pas qué lou printén ,
Et festégeou soun arrivada ;
Caou qué tout l'an lou festégén ,
Pioï qué l'aven touta l'annada.

A MARGARIDA.

CANSOU LANGUEDOCIENNE.

Air connu.

Siès bèla et plaïras toujour ;
Mais sériès bé pus poulida ,
Margarida,
S'un béou jour ,
Douvrissiés toun cor à l'amour.

Tous yols , on lous veï luzi
Couma dé grandas estèlas :
La proumessa d'aou plési
Sé légis dins ta prunèlas.
Per amassa lous poutous ,
Ta bouquéta sembla facha ;
Mais s'un manit hasardous
Ten roub'un , aco té facha.
Siès bèla , etc.

Déchout toun fichut finet ,
On veï quicon qué pounchégea ;
Voudrian bé... mais un souflet
N'oun fai leou perdré l'envégea.
Caou qué té parlé d'amour ,

Tus d'abord yé cerques bréga ;
Mais en réfusant toujour,
Y'en donnés la péléléga.
   Siés béla , etc.

Coum'on la rousigarié !
La manida sé dansava ;
Mais quicon maï n'en sérié ,
Sé l'amour la pounchounava.
Caou qué siégué vantarié
Sa tailla qu'és tant finéta ;
Mais per aco, sou poudié
La voudrié mén destréchéta.
   Siés béla , etc.

Quand devan lou magistraou
Lous bacarious s'enfugissoun ,
L'homme, las flous, lou bestiaou,
Toutés sé ragaillardissoun.
Quicon yé dis : Aimas-vous,
Qué n'aima pas és coupablé.
Es un dévé just' et dous
Qué dé faïré soun senblablé.
Siés béla et plaïras toujour ;
Mais sériès bé pus poulida ,
   Margarida ,
    S'un béou jour ,
Douvrissiés toun cœr à l'amour.

L'HIVER.

CANSOUN LANGUEDOCIENNE.

Air : *O ma tendre Musette.*

La nature s'es fàche triste ;
Leis aoubres sé soun despampas ;
Rien n'offre pas pus à la viste
Qué dès terraïrés trescampas.
Lou garaguaou , sus noste teste ,
Sourtent deis cabornes d'òou nord ,
Caarége lou fré , la tempeste ,
Qu'eis pradariés doune la mort.

L'aïgue cesse d'estré liquide ;
La terre n'es pu qu'un roucas ;
Et toute la planure humide
Es dévengude dé verglas.
L'erbe changeade en goutelettes ,
Dessus lou pourtaou de San-Jean ,
Yé forme mille candélettes
Dé cristaou , vo dé diamant.

Alors , lou pichoun dieou , voulagé ,

Vent s'abritar dédins l'houstaou ,
Per rétirar quaouqu'avantagé
D'ôou frè qu'a fach lou maïstraou ;
Saoup qué lia dé longueis vesprades ,
Qué lei gens sé sarrount dé près,
Et qué pourra , dins leis veiyades ,
Lançar scis flèches et scis traits.

Eis vieilles yé parle dé fade ;
Eis jouines yé parle d'amour ;
Lou loup garou n'es pas dé bade ;
D'eis révénants piei ven lou tour.
Rés n'aouse pus quittar sa place ,
Ni sourtir fore d'aou lougis ,
Eou soulet saoup cé qué sé passe,
Quand prend l'habit d'un trévadis.

Yé faï dé jos dé toute mène ,
Qué saoup toujour engéniar ;
Dé gagés sount dounas per pêne ,
Afin dé leis pousqué gagnar.
Roume d'oun vénés , pigeoun vole ,
La sabate , lou coutéloun ,
Costent pas une simple ôoubole ,
S'acquittent ren qu'em' un pouloun.

LA CRAOU SOUTE DURENCE.

CANSOUN PROUVENÇALE.

L'aigue d'òu rageiròou ranime la verdure ;
Tout es risent , flouri , su seis bords frisquiroux ;
Seis pichounets rébounds , soun tendré et doux murmure ,
Fan un councert charmant , deis pus harmounioux.

Leis pras sount embellis per la margaridette ,
Lou germé s'es vesti d'un habit verdoulet ;
Et par son doux parfum la moudeste vioulette
Sé leisse devinat parmi lou trignoulet.

Lou prin fourmentalet vòou s'emparar d'òu poste ;
Sé faï veïré dé linn , doumine dé partout ;
Pus simplé , dins soun port , l'herbette dé cinq coste ,
S'arreste ras-à-ras em'é lou barbabou.

Leis aoubres sount carguas de l'immensé habillagé ;
D'òou fuillagé touffu qu'es à chasque raméou,
Semblounnt nous invitar d'anar soute l'oumbragé
Nous garantir òou frés dé l'ardour d'òou souléou.

Un ldougier ventoulet boulègue lou feuillagé ;
Lou frés a pénétra leis bouissouns d'alentour ,
Et lou roussignoulet , par soun brillant ramagé ,
Charme , dédins soun nis , l'òoubjet dé soun amour.

~~~~~~

LOU BERGÉ SOULET.

CANSOUN LANGUEDOCIENNE.

Air : *de M. Perrin.*

Quand lou printén de rétour
Faï pounchégea la verdura ,
Et qué tout dins la natura
S'embranda d'aou sioc d'amour ,
Per culi la flou noavella ,
Lou pastour dins un pradet ,
Vaï embe sa pastourèla.
Yeou pecaïré soui soulet.

Tout en bastiguén soun nis ,
La poulida cardounia ,
En sa coumpagna brésia ,
Amaï pertout la séguis ;
Quand voula per la campagna ,
Lou parpaiou laougeiret
Serqu' et trov' una coupagna.
Yéou pécairé soui soulet.

Dé sas chassas lous moutous
Escarabias sourtissou ;
Per ía l'amour , s'acoutissou ;

Van pas pus qué dous à dous ,
Sans sa coumpagna fidèla ,
Jamaï dedins lou bousquet
On veï pas la tourtourèla.
Yéou pécaïré souï soulet.

Couma dins un soul mati
Se passis la flou nouvèla ,
Ansin yéou taï vis mouri.
Ma charmante pastourèla ,
Près dé tu's monn amiguéta ,
Auras léou toun amiguet.
Aou toumbeou près dé Liséta ,
Aoumén seraï pas soulet.

~~~~~~~~~~~~~~~~~~~~~~~~~~~~~~~~~~~~~~

LOU COURIOOU DÈ ROUBINE.

CANSOUN PROUVENÇALE.

Yeou voou à la roubine
Pourtar lou canestéou ,
Dé Jeanne , Catarine , |
Dé Nanoun , d'Isabéou ;
Tamben à la vésine
Porte' enca' lou basséou ;
Toujour aï bonne doubène ,
Aï lou tour dé bastoun ;

Per mé pagar ma péne
Refresque moun mentoun
   D'un poutoun.

D'avant jour sieou par orte ,
Vòou réveillar matin ;
Perfés pique à la porte ,
Vo jappé coume un chin ,
N'es pa cé qué m'importe ,
Fòou de bru sense fin.
Réballe une calade
Qué faï tramblar lou sòou ,
La belle es réveillade ,
Sabé qué n'a pas pòou ,
   Car lou sòou.

Leis places ressercades
Sé trobount leis pus yan ;
Jamaï sount destouscades
Par un sot impourtun ;
L'amour leis ten gardades
Em'é lou pus grand siun ,
Creï qué sa man ben leste
D'escoundoun , lou retor ,
D'une flèche funeste
Nous pougnéra ben fort,
   Jusqu'aou cor.

Coume en lavant la liasse
Sé parle en paou de tout ,

L'on saoup cé qué se passe ,
En fait d'amour surtout ;
Aqui sé faï pas gràce
Dé détail jusqu'aou bout.
Vous citoun dé la ville
Lou mendré , *paourè cou* ,
N'en noumount maï dé mille :
Pierre , Jean , Bourtoumieou ,
        Hors lou siéou.

Après lou sabounagé ,
Lou lingé réfresca ,
Oou bartas , sense oumbragé ,
Sé trobe léou séca ;
Es alors qu'aou plugagé
Leis ginous an vaca.
Maï la roumiou espinouse
Farié dé pougnésoun ,
Sarié trop vérinouse ;
L'on fugis par résoun
        Lou bouïssoun.

De prendre sa partence
L'instant s'es approucha ;
Fòou aver l'apparence
Dé s'estré despâcha ;
Lou canestéou coumence
D'estre cacalucha.
Dé fille maou tranquille
L'amour tout esmongu

Crent qu'en intrant en ville
Qu'òuran trop counègu
Qu'es vengud.

~~~~~~

LA TOURTOURÈLÉTA.

CANSOUN LANGUEDOCIENNE.

D'una pastoura trop cruèla
Daphnis un jour sé planissié ;
Tout prés d'èl una tourtourèla
Batié dé l'ala , et gémissié :
Vénié , pécaïré ! s'en anava ;
Révénié diré sa cansou ;
Et lou pastour qué l'espinchava ,
La véï intra dinc un bouïssou.

Veï d'aousèlous una nisada ,
Qué s'aclatavou sans pioutà ;
Car una ser , din la ramada ,
Era presta à lous dévourà :
Daphnis , d'un cop dé sa houléta ,
Piqua la ser qué né mouris ;
Et la paoura tourtourèléta
Sembla yé diré : gramècis !

Per lors una voix douça et bèla ,
Yé diguèt : aïmablé pastour ,

Cé qu'as fach per la tourtouréla
Té séra pagal per l'amour.

Era la voix d é sa méstréssa ,
Qué véchén cé qu'éra arrivat,
Faguél l'avu dé sa tendréssa ;
Qué jusqu'alors y'avié cachat.

LEIS OOULIVADES.

CANSOUN PROUVENÇALE.

Veici lou tems deis ôulivades ;
Fourra prendré nosteis paniers ,
Et s'en anar , ben adrayades ,
Cullir lou fruit deis ôouliviers ;
Aquéou mestier toujours agrade
A la fillette qué lou faï ;
La pus plaouqne es léou boulégade
Quand saoup qué lou plésir yé vaï.

Siam gayes , leis ôoulivarellés ,
Quand cullissem dins lou vergier ;
Cantem mille cansouns nouvelles ,
En nous escurant lou gouzier.
Leis troubadours qué nous n'en ténount ,
Par fés volount leis escoutar ,
Et quand dé liun vésem qué vénount ,
Ooubourem la voix per cantar.

Leis cants attirount lou cassaïré ,
Vo taou qué l'es qué d'ôoucasioun ;
Em' un fusil dé calignaïré ,
L'amour yé faï lou parpayoun ;
Lou rusa , qué saoup l'ôoulivette ,
S'en approche , sense façoun ,
Ven ajudar noste cueillette
Et ramplir noste culassoun.

Aou vergier a toujour envége
D'estendre un pôou maï seis poudés ;
Quaouquefés sa malice ôourège ,
Per nous faï ré bouffar leis dés.
Dins seis pichounettes manières
Nous pourgis lou coucouroulet,
Crei dé veiré leis jarratières
En changeant nosté cavalet.

Après la journade sénide ,
Nous ajude per s'en anar ,
Couche l'asé , lou pounch , lou guide ,
Quand l'asé vôou pas caminar.
Piei , vengu jusqu'eis quatre Arcades
Nous quitte, faï semblant dé ren ,
Dé pôou qué sugent rescountrades
Par quaouqué jaloux , vo parent.

CHACUN SOUN PLÉSI.

CANSOU DÉ TAOULA.

Toutés aīman dé jouī ;
Mais per trouva lou plési
Chacun séguis sa testéta ;
Turaluréta ! turaluréta !
     Lantan turaluréta.

Un ivrougna vous dira
Qué ya plési dé pinta ,
Qué soun diou és sa truquéta ;
    Turaluréta , etc.

Un avare , un viel butor
Susa per acampa d'or ;
L'éntara dins sa casséta ;
    Turaluréta , etc.

Las fiétas sousténdran
Qué ya rés dé pus charmax
Couma lou diou d'amouréta ;
    Turaluréta , etc.

Mais s'una fia savié

Qué l'amour ès un sourcié
Aourié poou dé sa baguóta :
   Turaluréta , etc.

Nostras damas d'aou saloun
S'annïou sus lou grand toun ;
Mais séguissou l'étiquéta ;
   Turaluréta , etc.

Réunis per l'amitié ,
Chassan la cérémounié ;
Et vivén à la franquéta ;
   Turaluréta , etc.

Pourtan sén un paou couquis ;
Quaud lou diablé uous ou dis ,
Embrassan la vésinéta ;
   Turaluréta , etc.

Per lous mestrés dé l'oustaou ,
Qué nous régalou pas maou ,
Nous faou buoure una raséta ;
Turaluréta ! turaluréta !
   Lantan turaluréta.

LEIS VENDUMIÉS.

CANSOUN PROUVENÇALE.

Noste tenche ére fénide ;
L'espile rajeave pus ;
Et la boute, desgléside ,
Démandave d'aoutre jus.
Hurousament veici l'òutoune ,
Qu'a fàch mâdurar lou rasin :
Lou précioux fruit qué nous doune
Nous fara faïré dé bon vin.

S'en anarem à la vigne ,
M'òunlé pourrem vendumiar ,
Un paou dé pratique ensigne
Coume sé fòu engòubiar ;
Em' un tranchet, d'une man leste ,
Couparem vité lou pécout ;
Sé quaouqué rapugagé reste ,
Es aïgré qué vòu ren du tout.

Prendrem dé bloundes clarettes ;
D'ugnes , quaouqueis poulis brins ,
D'òulivens et dé négrettes ,
Dé mascaras espanins.

Parmi noste fruche , triade ,
Yé boutarem lou pamplugat ;
Et per qué fugué pus sucrade ,
Yé musclarem lou doux muscat.

Touteis leis vendumiarelles
Sount pas dé filles dé cham ;
Dins la ville gnia dé belles
Qué sortent qu'aquel instant.
Une chattounne es intrinade
Quand s'es troubade dé lésir ,
Et faï d'aquelle pountanade
Une partide dé plésir.

Sipourade , fétignouse ,
Vendumie pas voulountier ;
A trop pôu d'estré moustouse
En fasen aquéou mestier.
Maï la délurade fillette ,
Oou pourtaïré dé banastoun ,
Faï semblant d'estré risoulette ,
Per aver un moustoux poutoun.

Yé dis , taou qu'une inouçente ,
Dé mots per bargiquéjear ,
Es fàchade , piei coutente ,
Sé vénount coutiguéjear,
Mourré dé vendumie es d'usagé ,
Yé pôu gaïré diré dé noun ,

Lou souffrira sus lou visagé ,
Sé fàchara per lou ginoun.

~~~~~~~~~~~~~~~~~~~~~~~~~~~~~~~

ROMANCE LANGUEDOCIENNE.

Air : *Ay ma charmanta pastoura.*

Eglè , péndén la véïada ,
  Quand risés ,   qué badinas ,
Ou , qu'én faguén la charade ,
  Sarcissés ou tricoutas ;
Un parpaïou sé présenta ,
  Voultigea et sé réjouis ;
Aoutour d'una flama ardénta
  Roda , roda et sé brousis.

Aco's l'imagé fidéla
  Dé cé qué m'és arivat ;
Moun cor, vous véchén tan béla ,
  És véngut , s'és rabinat.
Ma destinada és cruéla !
  Lou parpayou , pus hurous ,
Mouris prés dé la candéla ;
  Yéou soufrissé yon dé vous.

~~~~~~

A SUZOUN.

COUBLÉS AVIGNOUNEZ

Air : *Quand l'amour naquit à Cythère.*

Quand lou Dieou qué porte une dayou ,
Fasié pounchéja lou béou jour
Ounté à Suzoun yeou , tout en ayou ,
Aduziéou mei tributs d'amour ,
O qutou voulupta célestou
Gatiyavou moun cor charma !
Alors érou ben mieou ma festou
Qu'aquélou dé l'oubjet eima.

Are , un tutour bouffré dé ragé ,
Qué m'a desmama dé l'houstaou ,
Entré Suzoun et moun hôumagé
Ouboure un barri dei pu haou.
Moun oumbrou mémé lou transportou ;
Mé fugi coum'un loup-garou ,
Et quand passé davan sa portou ,
Boutou la tanque et lei ferrou.

Mais tu qué n'as reçu teis alou
Qué per franchir tout, ôu bésoun ,
Qué sensou corde et sense escalou ,

Gagnés lei pu haoutou présoun ;
Qué per une hérousou magagnou
Serviguérés Pasiphaë ,
Et toumbérés , en riche eigagnou ,
Din lou croutoun dé Danaë.

Grand Dieou d'amour, qué toun ajudou
Mé sécouré en aqués moumen ;
Dé Suzoun la feste es vengudou ,
Boute à sei pé moun coumplimen.
Diguou yé qu'òutant érou bélou
Quand d'élou siguère escòuda ,
Tout òutant sa care es nouvélou
A mei régar esbriòuda.

∿∿∿∿∿∿∿∿∿∿∿∿∿∿∿∿∿∿∿∿∿∿∿∿∿∿∿∿∿∿∿

LOU PRINTEMS.

CANSOUN PROUVENÇALE.

San Valantin , toun époque indicade
Rédit qu'òu champ. lou printems es vengu ,
Aven senti la vioulette embaoumade ;
Leis hòurindelles au déjà parégu.
La séve part , libre désengourdïde ,
A chasqué jour sé vei despestélar ;
Lou boutoun fend , et la feuille espandide
Sus sa gitelle es vengude escalar.

6

Ha ! coume es bèou lou cantounet proupicé
. Qu'a prépara leis siuns d'un amatour ;
Dé vases en l'air ôubourount l'édificé :
Thrôné dé Flore ôu mitan dé sa cour.
Seis flous n'an pus aquéou triste esclavagé
Qué dins l'hiver blessave sa fierta ,
Vesient lou jour qu'à travers un vitragé ,
Van béouré l'air en pléne liberta.

L'arangeiyer , la double rénouncule ,
Van affrountar lou séren fresqueiroux ;
Risquount pus ren , la calour qué circule
Es d'ôu printems lou soufflé généroux.
Dins un poutet la neïssente marcotte
Ben suspendude en l'air em' é soun brés ,
Jitte un lambour qué déjà nous dénote
Qu'en proûn tétan seis racines an prés.

Flore et L'Amour an quaouque parentagé ,
Lou pichoun Dieou vaï per fés eis jardins ;
Dins un bousquet sé glisse em' avantagé
Per prendré un cor soute dé jôussémins.
Lou gaï printems ôugmente aquel empiré ;
Quand sus un sen , dé flours tout parfuma ,
Faï respirar un amouroux déliré
A la fréjeasse qu'a pas encar'aima.

LA PRIME.

CANSOUN PROUVENÇALE.

Printems , belle verdure !
Rédouble teis esforts ;
Faï servir la nature
A meis transports ;
Per ma pastresse
Doune teis flours ;
Forme une tresse
Dé cent coulours ;
Qué lou ramagé
D'òu roussignòu sòuvagé,
Dins lou bouscagé ,
Exprimé leis amours.
Soun cant yé plaïra ,
  Charmara ,
  Quand dira :
  Vous encanté ,
  Yeou canté ,
Canté , canté , canté , canté ,
 Canté , yeou canté
 Lou més dé maï ,
Couroux , fresquet et gaï.

Em'é dé flours nouvelles

Fasem un béou houquet ;
Sarquem ben leis pus belles ,
Dins lou bousquet ;
Prênem la rose ,
Lou doux muguet ,
Lou passerose ,
Lou double œillet.

Rèfrin.

Qué lou ramagé ,
D'òu roussignôu sôuvagé ,
Dins lou bouscagé ,
Exprimé leis amours.
Soun cant yé plaïra ,
Charmara ,
Quand dira :
Vous encanté ,
Yeou canté ,
Canté, canté , canté, canté ,
Canté , yeou canté
Lou més dé maï ,
Couroux , fresquet et gaï.

Per ournar sa houlette
Aguem dé béoux ribans ;
Qué brillé poulidette
Dédins leis champs ;
Dé chasqué caïré
Fourra chôusir

Cé qué pôu faïré
Miés soun plésir.

Réfrin.

Qué lou ramagé
D'ôu roussignôu sôuvagé,
Dins lou bouscagé ,
Exprime leis amours.
Soun cant yé plaïra ,
Charmara ,
Quand dira :
Vous encanté ,
Yeou canté,
Canté , canté , canté , canté ,
Canté , yeou canté
Lou més dé maï ,
Couroux , fresquet et gaï.

LEI BON RESCONTRÉ.

CHANSON AVIGNONAISE.

Air : *Dóu Pounté.*

Despiei que lou Dieou dé Cithérou
Dé soun flambéou ma bésuscla ,
Per véiré ma jouinou bergiérou ,

Cour ré per tout coum'un ascla.
Sé la vésé et qué la peuletton
M'adreissé un regard amistous,
Oh ! juré qué lou méou d'Hymettou,
N'ei pas tant pur, n'ei pas tant doux.

Aquéle estélou désiradou,
Sé m'apparei dès lou matin,
Siéou héroux toutou la journadou,
Et lou rei n'es pas moun cousin ;
Tout es ôu mieou, dé ren m'alarmé ;
Russissé din tout cé qué foou ;
Sé foou dé vers, sount plen dé charmé,
Et sé jogué, aï de jo de bioou.

O la pu gentou dei pastourou,
Posqué-ti lou Dieou deis amours,
Escampa su toutei teis hourou,
La courbèyou dé séis favours !
Et posqué ôussi ta destinadou,
Hérouse, quoiqué sens escla,
Té ména, fresque et courchounadou,
Ou termé lou pu récula.

∿∿∿∿∿∿∿∿∿∿∿∿∿∿∿∿∿∿∿∿∿∿∿∿∿∿∿∿∿∿∿∿

LA FARANDOULE.

CANSOUN PROUVENÇALE.

Jouvens fuguès lest per vénir
A la farandoule ;
Lou galoubet toque à ravir,
Nous dis qué faou séguir
Dounent sé la man ,
Et taléquan ,
Séguissem la foule :
Es lou moumen dé sé pressar ,
Car vaï coumençar.
Dé balant ,
En avant ,
Faguem lou round dessus lou champ.

Oou plésir sé leissem touquar
Par la farandoule ;
Leis pus fré sé fan pas préguar ,
Chascun vent la sarcar.
Lou son d'òu tambour ,
Faï aquest jour ,
Mésure coumoule ;
Un prouvençaou subré qué tout
L'entend dé partout.

Dé balant ,

En avant ,

Faguem lou round dessus lou champ.

Leis filletles yé séguiran

A la farandoule ;

Leis panards tamben dansaran ,

Et leis vieïs yé vendran.

Leissarem crémar ,

Même arrapar ,

Cé qué boui dins l'oule ,

Quand durié souffrir ,

Aco faï plésir.

Dé balant ,

En avant ,

Faguem lou round dessus lou champ.

~~~~~~

AVEUGLEMENT DE L'AMOUR.

CANSOU LANGUEDOCIENNE.

Joughet dé ma féblessa

Souffrissé nioch é jour ,

Tyrcis dé ma tristéssa ,

Tyrcis né ris toujour.

Ah ! voulaje pastour ,

Pér tus mourisse dé téndressa ,

Ah! voulaje pastour ,
Rén-mé moun cor , ou toun amour ,

Can tus m'éres fidéla ,
Qué moun sort éra dous
D'una flama tant béla
L'Amour n'éra jalous.
Per qué doun malhuroux
Abandouna ta tourtouréla ,
Per qué doun malhurous
Té réjoui dé mas doulous.

Quinte cruel martyre
D'ayma sans éstre aymat ,
Faou-ti qué yéou respire
Aprés ta cruaoutat.
Ah! trop aymable ingrat
Dé moun amour cessa dé rire ;
Ah! trop aymable ingrat
Dé moun amour siéga toucat.

FIN.

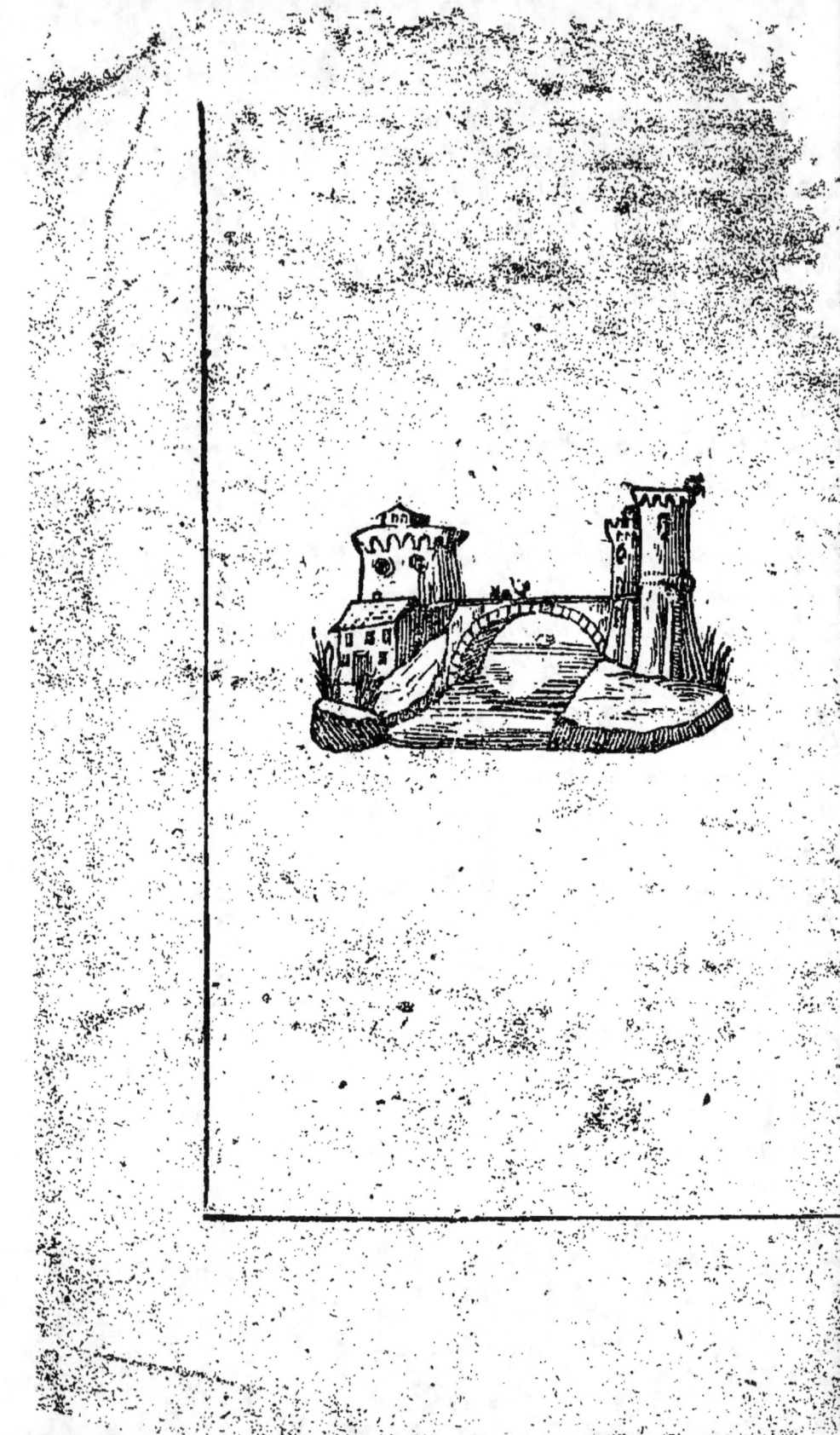